Irmgard Kramer

Sunny Valentine
Von der Flaschenpost im Limonadensee

Alle Bände von **Sunny Valentine**:

Irmgard Kramer

Sunny Valentine
Von der FLASCHENPOST
im Limonadensee

Mit Illustrationen von Nina Dulleck

 Band 3

 **Loewe**

ISBN 978-3-7855-7890-2
1. Auflage 2015
© Loewe Verlag GmbH, Bindlach 2015
Umschlag- und Innenillustrationen: Nina Dulleck
Umschlaggestaltung: Franziska Trotzer
Printed in Germany

www.loewe-verlag.de
www.irmgardkramer.at

Inhalt

Lieber Flaschenpost-Finder!

Ich sitze auf einem Sofaschiff mitten in einem Limonadensee und schaukle vor mich hin. Zum Glück bin ich nicht allein. Wann wir Land erreichen, wissen wir nicht. Das Haus weiß es auch nicht. Es ist wieder mal total verwirrt. Echt jetzt. Bitte ruf meinen Papa an und sag ihm, dass es mir gut geht. Er macht sich bestimmt schon große Sorgen. Die Telefonnummer steht hinten.

Hochachtungsvoll
Deine Sunny Valentine

PS: Vielleicht möchtest du wissen, wie ich hier gelandet bin. Das ist echt eine komplizierte Geschichte. Ich erzähle sie dir lieber ganz von vorne, okay?

Wie Salome Benson alles kaputt machte

Alles fing damit an, dass ich erwachte, weil mein Bett wackelte wie bei einem Erdbeben. Es war aber kein Erdbeben. Es war das Haus, das mich weckte. Der Mond schien durchs Fenster und malte Schatten an die Wand.

„Haus!", sagte ich verschlafen und hielt mich am Bett fest, weil ich sonst auf den Boden gefallen wäre. „Was ist los?"

Die Schatten veränderten sich und wurden zu Buchstaben, die groß und unheilvoll an der Wand neben meinem Bett standen. „ACHTONG! ACHTONG! EINBRÄCHER IM GARTEN", stand da.

„Einbrecher?" Ich rieb mir die Augen und das Bett hörte auf zu wackeln. Hellwach schlug ich die Decke zurück und trat ans Fenster. Tatsächlich. Da huschte etwas durch unseren Gemüsegarten. Es sah aber eher aus wie ein Gespenst als ein Einbrecher. Auf einmal spürte ich mein Herz pochen. Aufgeregt schlich ich aus meinem Zimmer. Noch schliefen alle und es war dunkel im Flur.

Aber das Haus war so nett und knipste der Reihe nach alle Lichter an, damit ich hinausfand.

Ich ging in den Hof. Es war kühl und noch Nacht, aber die Vögel zwitscherten schon und am Horizont wurde es langsam hell. Nicht weit weg ertönte das „Tatütataa" von einem Feuerwehrauto. Ob es irgendwo brannte? Ich suchte den Himmel nach einem Zeichen ab, Rauch oder so, fand aber nichts.

Aufgeregt tappte ich an der Eiche vorbei in den Gemüsegarten und war ein bisschen enttäuscht – das Gespenst war gar kein Gespenst und auch kein Einbrecher, sondern nur mein kleiner Bruder Flip im Pyjama. Seine Kükenflaumhaare leuchteten hell im Mondlicht. Er hielt einen Korb in der Hand, der voller Tomaten, Gurken und Paprika war, und zupfte Petersilie. Neben ihm buddelte Monty II, unser Hund, Radieschen aus.

„Flip?"

Er zuckte zusammen. „Hast du mich jetzt erschreckt."

„Was machst du denn mitten in der Nacht hier draußen?"

„Frühstück … für die Schule", sagte er, strahlte mich an und bückte sich, um ein Büschel Schnittlauch abzusäbeln. Das Frühstück für die Schule! Das hatte ich schon wieder vergessen. Einmal in der Woche frühstücken wir nämlich gemeinsam. Immer ein Kind bringt belegte Brötchen, Kuchen oder sonst was mit. Nicht dass du jetzt denkst, dass man da hundert Brötchen machen muss oder so. In unsere ganze Schule gehen nämlich insgesamt nur dreizehn Kinder – mit uns.

„Glaubst du nicht, du hast genug Schnittlauch?", fragte ich vorsichtig.

„Helene mag Schnittlauch", sagte er und packte das Büschel in den Korb. Helene ist unsere Lehrerin, musst du wissen.

„Das wird das beste Frühstück, das Helene je gesehen hat. Ich hab schon einen genauen Plan", sagte er aufgeregt, zupfte eine gelbe Blüte ab und schickte mich zurück in mein Zimmer. Er wollte das Frühstück unbedingt allein machen. Also schlüpfte ich zurück in mein Bett, das noch warm war.

„Haus", murmelte ich. „Es waren keine Einbrecher. Nur Flip. Danke trotzdem."

Zur Antwort wackelte mein Bett so wild wie ein galoppierender Stier. Lachend klopfte ich auf die Bettdecke

und langsam beruhigte es sich. Irgendwann schaukelte das Bett wie eine Wiege hin und her und es war wahnsinnig gemütlich.

Ein paar Stunden später fuhr uns der alte Konrad mit dem Traktor zur Schule. Normalerweise gehen wir zu Fuß, es ist ja auch nicht weit, aber an diesem Tag wollte Flip gefahren werden. Er trug ein frisch gebügeltes Hemd, hatte einen Seitenscheitel in den Haaren und sah sehr vornehm aus. Vorsichtig trug er die Kartonschachtel aus dem Haus, in der er seine Brötchen aufbewahrte. Mein großer Bruder Amir und ich durften nicht helfen. Und hineinschauen durften wir schon gar nicht.

„Überraschung", sagte Flip stolz und kletterte auf den Traktor, was gar nicht so einfach war, mit der großen Kartonschachtel.

Die Fahrt war ziemlich holprig.

„Pass auf, Konrad!", rief Flip und hielt die Kartonschachtel fest.

„Mach dir keine Sorgen", sagte Konrad und wich so rasant einem Loch aus, dass wir alle umkippten, mitsamt der Schachtel, die auf einmal aufrecht stand, aber Flip stellte sie voller Zuversicht einfach wieder gerade.

Unsere Schule war früher mal ein kleiner Bahnhof gewesen. Heute ist da unser Klassenzimmer drin und Helene wohnt in dem Waggon daneben.

Es war ein sonniger Tag. Flip, Amir, Helene und ich trugen die Schulbänke ins Freie und machten eine große Tafel. Wir legten eine Tischdecke und Servietten drauf und Flip lief ins nahe gelegene Weizenfeld, um einen Strauß aus Mohnblumen zu pflücken. Helene brachte einen Krug Saft aus dem Waggon. Flip steckte in jedes Glas einen Strohhalm. Alles sah sehr hübsch aus und Flips Wangen glühten vor Freude.

Als Erstes kam Paul. Paul war wie Flip das erste Jahr in der Schule. Er betrachtete den gedeckten Tisch, legte Flip kumpelhaft einen Arm um die Schulter und sagte: „Respekt Alter Krass Mann."

Dann kamen die drei Kichererbsen und kicherten.

Dann schlenderte unser Liebespaar Händchen haltend um die Ecke.

Dann kam Belinda. Belinda hielt in einer Hand eine Leine, weil sie immer Pferd oder Hund spielt, in der anderen hielt sie eine Babypuppe.

„Baby will auch Frühstück von Flip", sagte sie, setzte die Puppe fürsorglich auf den Sessel neben sich und band ihr ein Lätzchen um.

Le, Lu, und Lau hörten wir schon von Weitem. Sie schossen einen Fußball hin und her.

„Passt auf!", rief Helene, denn der Fußball wäre beinah mitten auf dem Tisch gelandet.

Sie packten den Fußball weg, rieben sich hungrig die

Bäuche und setzten sich. Jetzt waren alle da. Nur eine fehlte noch: Salome Benson. Und auf die konnte ich verzichten.

Wie immer verspätete sie sich und wir beschlossen, ohne sie anzufangen.

„Unser lieber Flip hat heute das Frühstück gemacht", sagte Helene und applaudierte. Wir applaudierten mit ihr und Flip strahlte wie eine frisch polierte Münze. Seine Hände zitterten ein bisschen, als er feierlich den Deckel von der Kartonschachtel hob.

Die Brötchen sahen ein wenig … na ja … seltsam aus. Die Schwarzbrotscheiben waren unterschiedlich dick und unterschiedlich groß. Auf jedem Brötchen pappte eine dicke Schicht Butter, die schon ein wenig verlaufen war. Flip hatte viele Kräuter draufgemacht, hohe Türmchen aus Gurkenscheiben, Tomaten und Paprika gestapelt und obendrauf noch ein Gänseblümchen oder eine Blüte von einer Brunnenkresse gelegt. Bei der Fahrt mit dem Traktor waren die Türmchen umgekippt und durcheinandergeraten. Flip strahlte immer noch, aber Amir warf mir einen Blick zu und auch die anderen wussten nicht so richtig, was sie davon halten sollten.

„Kann man das essen?", fragte Le naserümpfend und zupfte angewidert ein Gänseblümchen aus dem Brötchenmatsch.

„Das ist sogar sehr gesund", sagte Flip aufgeregt.

„Na dann." Helene lachte und klatschte in die Hände. „Lasst's euch schmecken. Guten Appetit."

„Guten Appetit", sagten wir im Chor.

Helene angelte sich ein besonders dickes Schwarzbrot, biss hinein und rollte genüsslich die Augen. Da hörten wir Motorenlärm. Kurz darauf hielt ein rotes Cabrio neben unserer Frühstückstafel und wirbelte eine Menge Staub auf.

Heraus stieg eine blonde dünne Frau mit einer großen schwarzen Sonnenbrille. Sie trug einen engen Rock und hohe Stöckelschuhe und war sehr schlecht gelaunt. Auf der anderen Seite stieg Salome Benson aus. Rosarotes Samtkleid. Eine Schleife im blonden langen Haar. Silberschühchen. Die beiden holten aus dem Kofferraum ein Silbertablett fast so groß wie eine Schultafel. Dann stöckelten sie zu uns.

„Du liebes bisschen! Was ist das denn Ekelhaftes?", fragte die Salome-Mutter und zeigte entsetzt auf Flips Brot-Türmchen.

„Igitt!", rief Salome und schüttelte sich total übertrieben am ganzen Körper.

„Wollen Sie die Kinder vergiften?", vorwurfsvoll schaute die Salome-Mutter Helene an, die aber nichts sagen konnte, weil ihre Backen voll waren. Die Salome-Mutter reichte ihrer Tochter das ganze große Tablett, deren Arme kaum lang genug waren, um es festzuhalten, und wischte

den Karton mit den Brötchen schwungvoll zur Seite. „Dieses Hundefutter hier kann man doch nicht essen." Dann stellte sie das Silbertablett vor uns hin. Darauf lagen duftende kleine Hörnchen, knusprige Brezeln, Törtchen mit Erdbeeren und Vanillepudding, Obstschälchen und winzige, perfekt garnierte Häppchen – alles vom Feinkostladen. Während alle anderen staunten, traten Flip Tränen in die Augen.

„Das leere Tablett komme ich später holen. Lasst's euch schmecken, ihr Kinderlein", flötete die Salome-Mutter, drückte Salome ein Küsschen auf die Stirn, stöckelte zu ihrem Cabrio und brauste davon.

„Du entschuldigst?", sagte Salome zu Belinda, packte die Babypuppe an den Haaren, setzte sie Belinda auf den Schoß und nahm sich den Sessel. „Puppenspielen? In deinem Alter? Schämst du dich nicht?" Sie schüttelte den Kopf.

Unterdessen hatte Helene ihr Brot geschluckt. „Salome! Komm mal mit!", sagte sie energisch und nahm sie mit hinein in den Bahnhof. Ich weiß nicht, was sie alles zu ihr sagte, aber Salome wirkte noch hochnäsiger, als sie wieder herauskam. Sie warf ihre Haare zurück und spitzte die Lippen.

Helene entschuldigte sich bei uns und meinte, dass es wohl ihre Schuld gewesen sei, offenbar hatte sie den Termin zweimal vergeben. Aber das glaubte ich nicht. Salo-

me hatte das absichtlich gemacht, nur um Flip zu ärgern. Salome machte immer alles absichtlich.

Helene, Amir und ich waren die Einzigen, die Flips Brot-Türme aßen. Wir sagten ihm, dass sie gut schmeckten, aber Flip ist nicht dumm. Der wusste auch, dass Salomes Frühstück viel besser war.

„Esst nur! Es ist genug da", sagte Salome. Alle stopften sich die Bäuche voll, und als keiner mehr konnte, mampfte Belinda den Rest. Nur Flip aß nichts.

Ich versuchte, ihn aufzuheitern, aber das wollte er nicht. Nach dem Frühstück rechnete er leise und malte schön geformte Buchstaben, und als er glaubte, dass niemand zusah, schnappte er die noch fast volle Kartonschachtel, trug sie zum Misthaufen hinter dem Waggon und leerte seine Brötchen aus. Ich hätte heulen können.

Die Welt auf dem Kopf

Zu Hause tat Flip, als sei nichts gewesen. Paul kam ihn am Nachmittag besuchen und ich übte Kopfstandmachen in meinem Bett. Lustig sah die Welt verkehrt herum aus. Erwin, mein Fisch, schwamm im Aquarium rundherum. Plötzlich hielt er an. Mit verschreckten Augen glotzte er in meine Richtung. Zuerst dachte ich, dass er wegen mir so erschrocken war, weil ich auf dem Kopf stand. Mir war schon ganz heiß im Gesicht. Aber dann schwamm er weiter. Eine Runde. Und noch eine. Bis er plötzlich wieder anhielt und mich starr anglotzte. Ich musste lachen, weil ich mir vorstellte, dass Erwin ein Wasserballett einstudierte. Aber auf einmal hörte ich es auch – dieses gruselige Geräusch. Vielleicht war das Geräusch aber nur in meinem Kopf, weil zu viel Blut drin war.

Ich ließ mich auf die Knie plumpsen, setzte mich und schüttelte meine Ohren. Nichts mehr. Kein Geräusch. Also machte ich einen neuen Kopfstand. Kaum waren meine Beine oben, hörte ich es schon wieder. Weil ich ja

jetzt wusste, dass das Geräusch nicht aus meinem Kopf kam, blieb ich verkehrt herum stehen. Da war es schon wieder. Du musst dir das Geräusch so vorstellen, wie wenn ein trauriger Esel mit einer verrosteten Säge eine Geige zersägt.

„Ü-ÄÄÄÄHHH", machte es. Es klang aber auch ein bisschen so, als hätte der Esel seinen Schwanz in der Säge eingeklemmt, und jedes Mal wenn die Säge vor und zurück sägte, zog sie am Schwanz und dann musste der Esel vor Schmerzen stöhnen. „Ü-ÄÄÄHHH." Der arme Esel.

Da flog die Tür auf und mein Papa platzte herein. Seine Brille saß schräg auf seiner Nase und hinter jedem Ohr steckte ein Pinsel – von einem Pinsel tropfte es stachelbeergrün, vom anderen Pinsel tropfte es abendrot. Das Hemd hing meinem Papa aus der Hose und es hatte stachelgrüne und abendrote Tupfer. Mein Papa sah genauso verzweifelt aus wie Erwin. Er drehte seinen Kopf auf den Kopf, um mit mir zu sprechen, weil ich immer noch verkehrt herum stand.

„Sunny, hast du eine Ahnung, was das Haus hat? Dieses Dings da … dieses Geräusch", sagte er und fuchtelte mit dem Pinsel, den er in der Hand hielt. Dabei spritzte er tintenblaue Tropfen durch die Gegend. Sie landeten dicht vor meiner Nase auf dem Kopfkissen und im Aquarium. Neugierig kam Erwin geschwommen und kostete einen tintenblauen Farbtropfen.

„Wahrscheinlich ist dem Haus genauso langweilig wie mir", sagte ich.

„Kannst du *bitte* mit dem Haus reden? Es kommt sich schon wieder vor wie SEINE HERRLICHKEIT", sagte mein Papa und fuchtelte jetzt so heftig, dass die Farbe an die Wand spritzte.

„Oh, Verzeihung", murmelte er und sah den Pinsel irritiert an; er bemerkte erst jetzt, dass er ihn noch in der Hand hielt. Du musst nämlich wissen, dass mein Papa Illustrator ist. Er malte und zeichnete gerade die Bilder von meinem letzten Abenteuer.

„Ü-ÄÄÄHHH", quietschte das Haus.

„Bei dem Lärm kann kein Mensch arbeiten. HAUS, du bist nicht allein auf der Welt!", rief mein Papa, steckte den Pinsel ins Aquarium und sprudelte darin herum, als sei es nur ein gewöhnliches Wasserglas. Eine tintenblaue Farbwolke breitete sich im Aquarium aus. Erwin schwamm mitten hinein, verschwand in der Farbwolke und mein Papa steckte den Pinsel in seine Hose, die gleich darauf feucht anlief.

„Ü-ÄÄÄHHH", machte das Haus.

„Bitte, Sunny. Red mit dem Haus. Auf dich hört es."

„Ich werd's versuchen, Papalein", sagte ich und hatte Mühe, nicht umzufallen.

Er klopfte mir auf die Fußsohlen. „Du bist ein Schatz. Und pass auf, dass du nicht verkehrt herum im Bett an-

wächst, sonst musst du für den Rest deines Lebens mit einem Bett auf dem Kopf herumlaufen." Dann ging er und das Haus machte: „Ü-ÄÄÄHHH."

Ich kniete mich hin. Ein paar Sternchen funkelten vor meinen Augen. Ich wollte aufstehen und frisches Wasser ins Aquarium schütten, als die Tür erneut aufsprang. Der alte Konrad erschien im Rahmen. Seine weißen Haare standen ihm wirr vom Kopf und er hatte Ölflecken im Gesicht. Wie immer trug er seine Latzhose. In einer Hand hielt er ganz viele Stricknadeln wie einen Strauß Blumen.

„Sunny!", sagte er etwas atemlos. „Hast du eine Ahnung, was mit dem Haus los ist?"

Ich schüttelte den Kopf und die Sterne vor meinen Augen flogen davon.

„Der Briefträger und ich haben gerade schwierige Experimente am Laufen", sagte Konrad. „Dieses Geräusch bringt uns total durcheinander. Kannst du nicht mit dem Haus reden? Wir wollen nämlich nicht, dass etwas schiefgeht."

„Klar", sagte ich. „Ich werd's versuchen."

„Du bist die Beste", sagte er, machte kehrt und ging wieder nach Surinam. So heißt seine Werkstatt.

„Hallo, Amir", hörte ich Konrad noch im Flur sagen und eine Sekunde später kam Amir in mein Zimmer. Mit seinen murmelgroßen kaffeebraunen Augen schaute er die tintenblaue Wolke im Aquarium an.

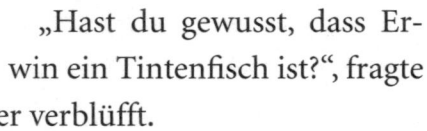

„Hast du gewusst, dass Erwin ein Tintenfisch ist?", fragte er verblüfft.

„Ü-ÄÄÄHHH", machte das Haus genau in dem Moment, als ich Amir erklären wollte, dass Erwin kein Tintenfisch ist, sondern dass Papa versehentlich seinen Pinsel im Aquarium ausgewaschen hatte.

„So laut war das Haus echt noch nie", sagte Amir. „Die Kichererbsen sind gerade bei mir. Wir machen Hausaufgaben. Kannst du nicht reden mit dem Haus?"

Die Kichererbsen und Hausaufgaben machen. Ich seufzte. Die Kichererbsen hatten noch nie Hausaufgaben gemacht. Seit Amir bei uns in der Schule ist, nutzen sie jede Gelegenheit, in seiner Nähe zu sein. Amir ist nicht nur wahnsinnig hübsch, Amir kennt sich auch mit Zahlen ziemlich gut aus. Amir hätte eigentlich die Riesenfirma von seinem Ölscheichonkel übernehmen sollen, aber jetzt wohnt er bei uns, da gefällt es ihm besser. Du hast bestimmt schon gemerkt, dass Amir nicht mein richtiger Bruder ist, aber die Geschichte kann ich dir jetzt nicht auch noch erzählen, sonst komm ich durcheinander.

„Ü-ÄÄÄHHH", machte das Haus.

„Sunny!", hörte ich Flip rufen, der jetzt in mein Zimmer sprang und neben Amir stehen blieb. Er wirkte nicht mehr so traurig wie heute Morgen, darüber war ich froh. Hinter ihm wuselte Kuni, der Waschbär, herein. Dann kam Monty II, steckte seinen Kopf zwischen Flips Beine und fing schrecklich an zu jaulen, als das Haus schon wieder „Ü-ÄÄÄHHH" machte.

„Was hat das Haus, Sunny?", fragte Flip besorgt. „Ist es krank?"

„Das Haus ist nicht krank."

„Amir!", riefen die Kichererbsen von unten. „Wo bleibst du denn?"

„Flip!", brüllte Paul von unten. „Wo bleibst du?"

„Ich komme!", rief Amir.

„Ich komme!", rief Flip.

Dann rannten sie beide davon, mitsamt Monty II und dem Waschbär, und ich war mit dem Geräusch allein.

Der wehe Zahn

„Ü-ÄÄÄHHH", quietschte das Haus schauerlich. Inzwischen fand ich das Geräusch auch ziemlich nervig. Ich stopfte mir Taschentücher in die Ohren, aber das nützte nichts.

„Ü-ÄÄÄHHH!" Im selben Moment knallten die Fensterläden in meinem Zimmer zu, als wollte sich das Haus selbst die Ohren zuhalten. Vielleicht war es aber doch nur ein Windstoß gewesen. Ganz dunkel war's jetzt. Ich knipste das Licht an und sah, dass sich die Tintenwolken im Aquarium zu Buchstaben verformten. Ich erkannte ein S, ein U, ein N, noch ein N und ein Y.

„Hallo, Haus!", rief ich. „Warum hast du die Fensterläden zugemacht?"

„W..I..R", konnte ich lesen. „ERTRAGEN DIESES GESCHMÄUS NICHT MEER." Wahrscheinlich meinte das Haus, dass es das Geräusch nicht mehr ertragen konnte. Aber das kapierte ich nicht. Wieso ertrug das Haus das Geräusch nicht mehr? Das Haus war es doch, das das Geräusch machte, oder nicht?

„U-ÄÄÄHHH", machte es schon wieder und die Fensterläden klapperten. Ich war so ratlos, dass ich Erwin dabei zusah, wie er durch die Buchstaben schwamm. Er schwamm durch einen halben Bauch von dem Buchstaben R. Dann schwamm er durch den ganzen Bauch vom D. Er drehte viele schnelle Runden um ein I und schwamm in Schlangenlinien um ein S. Als er fertig war, veränderten sich die Buchstaben wieder.

„DER HAHN IST SCHULD. ER TRAMPELT AUV UNSEREN NERFEN. WIR WEHEN UM HILVE!"

Hab ich dir schon erzählt, dass unser Haus immer Wörter verwechselt? Bestimmt meinte es nicht einen HAHN, sondern was ganz anderes, vielleicht die BAHN oder einen KAHN oder ZAHN.

„Der Zahn ist schuld? Hast du etwa Zahnweh?", fragte ich. Ich hatte bis dahin gar nicht gewusst, dass unser Haus überhaupt irgendwo einen Zahn hatte, oder hast du schon einmal ein Haus mit einem Zahn gesehen?

„JAWOHL, UNSER HAHN TUT WEH", schrieb das Haus ins Aquarium.

„Wo ist denn dein Zahn?", wollte ich wissen.

„AUV UNSEREM EDLEN HAUPT, WO SONST?"

Immer wenn das Haus von seinem Haupt spricht, meint es das Dach. Unser Haus hat viele große und kleine Dächer, windschiefe und alte, neue und kaputte Dächer. Auf den Dächern gibt es viele Kamine. Neben ei-

nem Kamin wehen zwei Fahnen. Aber einen Zahn habe ich dort oben noch nie gesehen. Als es erneut sehr laut und sehr schauerlich „Ü-ÄÄÄHHH" machte, bekam ich selber fast Zahnweh und deswegen rannte ich aus meinem Zimmer die vielen Treppen hoch in den Dachboden.

Dort hielt ich kurz inne.

In einer Ecke war eine ganze Lego-Landschaft aufgebaut. Eine Stadt und ein Meer und eine Antarktis-Station und eine Mondstation. Mein Papa und Amir lieben Lego. Nächteweise können die beiden hier verweilen. Flip spielt lieber mit lebendigen Tieren oder mit mir. Und Konrad experimentiert lieber mit echten, großen Sachen.

Ich stieg über eine Ritterburg und ein Piratenschiff, kam an einer Insel mit Palmen vorbei und einer Ölplattform mit Kränen. Ich sah U-Boote, einen weißen Hai, einen Landeplatz für Flugzeuge, einen Doppel-Rotor-Hubschrauber, Bagger, eine Raketenstation und kämpfende Roboter.

Dann kletterte ich durch eine Luke nach Tibet. Tibet heißt ein kleiner Balkon, mein Lieblingsbalkon. Nirgends ist es so gemütlich wie in Tibet. Warmer Wind blies mir die Haare aus dem Gesicht. Ich kraxelte über das Geländer. Das war ein bisschen gefährlich, aber ich wusste, dass das Haus auf mich aufpasste. Auf Zehenspitzen schob ich

mich außen am Geländer entlang, hoch über unserem Hof, bis ich das Dach erreichte. Am Blitzableiter klammerte ich mich fest und kletterte über die Dachziegel weiter nach oben. Mein Herz klopfte ganz wild. Immer höher ging es. Die Sonne schien mir auf den Rücken und ich schwitzte, als ich bei einem der vielen Kamine anlangte. Ich umklammerte ihn und wagte einen vorsichtigen Blick in die Tiefe. Weit unten rannten Flip, Monty II, der Waschbär und Paul rund um die Eiche. Sie spielten Fangen. Der Wind blies. Ich wollte umkehren, als es schon wieder quietschte. Lauter als zuvor.

„Ü-ÄÄÄHHH!"

Ich folgte dem Geräusch, stieg am Kamin vorbei, setzte mich auf den Hosenboden, hielt mich mit meinen Händen gut fest, rutschte ein paar Meter nach unten und kletterte dann wieder hoch auf ein anderes Dach.

Und auf einmal blendete mich etwas. Ich zwinkerte und dann sah ich, was es war.

Auf dem Gipfel des nächsten Daches glitzerte ein goldener Wetterhahn in der Sonne. Der Hahn saß auf einem Pfeil über einer goldenen Kugel. In jede Himmelsrichtung ragte ein Buchstabe: N, O, S, W. Die Buchstaben standen für Norden, Osten, Süden und Westen. Der Wetterhahn stand auf Westen. Auf einmal lebte der Wind auf und drehte den Wetterhahn nach Süden, dabei machte es ganz laut: „Ü-ÄÄÄHHH!"

„Hurra!", rief ich. „Es ist der Wetterhahn! Haus, ich habe das Geräusch gefunden."

Diesmal war das Haus an gar nichts schuld gewesen. Es hatte noch nicht mal die Wörter vertauscht. Das Haus hatte gleich gesagt, dass der Hahn schuld war. Kein Zahn. Ich musste lachen, weil ich ernsthaft gedacht hatte, dass unser Haus einen Zahn hat.

Zufrieden ächzte es im Gebälk. Ich kletterte zum Wetterhahn. Als ich direkt davorstand, fiel mir erst auf, wie groß er war. Wieder drehte er sich im Wind und ich musste mir fast die Ohren zuhalten, weil das Quietschen so laut war. Diesen Wetterhahn musste man dringend ölen.

„KONRAD!", brüllte ich nach unten. Aber von Konrad war nichts zu sehen, nur schwarzer Rauch stieg aus dem Kamin, der zu seiner Werkstatt gehören musste. Ein bisschen roch es nach gegrillten Würstchen. Ich bekam Hunger. Und dann stellte ich mir vor, wie ich zuerst nach unten klettern und Konrad holen musste, aber Konrad würde sich nicht aufs Dach trauen, also würde er Amir aufs Dach schicken, aber Amir würde keine Zeit haben, denn bis die Kichererbsen die Rechnungen kapierten, dauerte es sicher eine halbe Ewigkeit. Es war besser, ich reparierte den Hahn selbst.

Das Geheimnis der goldenen Kugel

Aber so einfach war das gar nicht. Die Stange, auf der die Himmelspfeile, die goldene Kugel und der Wetterhahn saßen, war länger als ich. Die Kugel allein war fast so groß wie mein Kopf. Bei jedem Windstoß drehte sich der Hahn und das Gewinde quietschte. Ich streckte mich, fasste die goldene Kugel mit beiden Händen und versuchte, sie aus dem Gewinde zu drehen. Mit aller Kraft schraubte ich daran herum, biss meine Zähne zusammen und stöhnte vor Anstrengung. Ich versammelte alle Kraft in meinem Bauch, stieß einen wilden Kampfschrei aus und auf einmal drehte sich der Wetterhahn mitsamt der goldenen Kugel und den Himmelspfeilen laut quietschend aus dem Gewinde der Stange. Ich war so überrascht, dass ich das Gleichgewicht verlor und beinah vom Dach fiel. Aber ich hielt mich am Hahn fest oder der Hahn hielt sich an mir fest. So genau weiß ich das nicht. Auf jeden Fall hielt ich plötzlich die Kugel und den Hahn mitsamt den Himmelsrichtungen an dem obersten Stück

Stange in der Hand. Das alles war total schwer. Damit hinunterzuklettern war nicht einfach. Dauernd drehte sich der Wetterhahn um meine Ohren. Auf einmal rutschte ich aus, fiel hin und sauste nach unten. Mit meinen Fersen versuchte ich zu bremsen. Die Ziegel klapperten und auf jedem anderen Hausdach hätte ich Todesangst gehabt. Aber es war mein liebes Haus und ich wusste, dass es mich niemals abstürzen lassen würde. Und drum jauchzte ich vor Freude und flitzte abwärts, legte mich in die Kurve, rutschte um einen Kamin, legte mich auf die andere Seite, änderte die Richtung, zog die Beine an, um mehr Schwung zu kriegen, sauste ein Dach hinunter, ein anderes wieder hoch, noch einmal abwärts und landete mit einem PLUMPS auf der weichen Matratze in Tibet. Der Hahn neben mir krähte. Na ja, ich gebe zu, das ist gelogen. Er kann gar nicht in echt krähen, er ist ja nur ein Wetterhahn.

Ich rappelte mich auf und schleppte den schweren Hahn mitsamt der Kugel in den Dachboden. Ein paar Vögel flatterten hoch und schwirrten an der Lego-Welt vorbei durch die Luken hinaus in den Himmel. Ich nahm mir vor, den Hahn gleich hier oben zu ölen. Lieber holte ich eine Ölkanne herauf, als das schwere Ding nach unten zu schleppen. Also lehnte ich den Wetterhahn gegen einen Dachbalken und stieg die erste Stufe nach unten, als es hinter mir laut schepperte.

„Oh nein!", rief ich und rannte zurück.

Der Wetterhahn lag am Boden. Die Himmelspfeile waren ein wenig verbogen und die goldene Kugel rollte davon, genau auf eine Dachluke zu. Was, wenn sie hinunter und Flip oder Konrad oder Amir auf den Kopf fiel? Die Kugel war viel zu schwer. Gleich hatte sie die Luke erreicht. Es klang wie das Rollen einer Kugel auf einer Kegelbahn, nur dass keine Kegel da waren, sondern nur Köpfe unten im Hof, und die sollte die Kugel besser nicht treffen.

„HAUS!", brüllte ich. „HILF!"

In dem Moment kippte der ganze Dachboden sachte in eine andere Richtung. Ich konnte mich gerade noch an einer Holzsäule festhalten. Die goldene Kugel hielt einen Moment an, dann rollte sie in die andere Richtung, nahm Fahrt auf und hielt genau auf die Lego-Welt zu. Oh nein!

„HAUS!", rief ich noch einmal, hielt mich an der Säule fest und zappelte mit meinen Füßen, weil ich so große Angst hatte, dass die goldene Kugel wie eine Kanone in die Ritterburg einschlug. Mit vollem Karacho rollte die Kugel darauf zu, aber kurz vor der Zugbrücke senkte sich der Dachboden erneut in eine andere Richtung und die Kugel sauste daran vorbei. Sie bekam immer mehr Schwung und schoss wie ein Pfitschipfeil auf eine andere Dachluke zu. Wieder bewegte sich der Boden unter mei-

nen Füßen. Ich lehnte mich zur Seite. Die Lego-Sachen rutschten ein bisschen durch die Gegend und die Kugel sauste mal in die eine, dann in die andere Richtung. Ich kam mir vor wie auf hoher See. Irgendwie musste ich die Kugel stoppen, aber bald kreiselte sie rundherum und rundherum, immer haarscharf an der Lego-Burg vorbei. Ich behielt die Kugel im Auge und dann traute ich mich, und als sie an mir vorbeirollte, stürzte ich mich bäuchlings auf sie und hielt sie mit beiden Armen fest.

Der Boden blieb stehen und das Haus stieß ein tiefes, erleichtertes Seufzen aus.

Ich rappelte mich hoch. Und dann sah ich, dass die goldene Kugel in der Mitte auseinandergebrochen war. Wie ein großes Über-raschungs-Ei lag sie in zwei Teilen vor mir. Und dazwischen war, ich konnte es kaum glau-ben, eine kleine hölzerne Schatz-kiste.

Aufgeregt hob ich sie hoch und trug sie hinaus nach Tibet. Auf der Matratze machte ich es mir gemütlich und betrachtete die Schatzkiste von allen Seiten. Sie war aus dunklem Holz, fast schwarz. Kunstvolle Zeichen waren hineingeschnitzt worden und sie musste schon sehr, sehr alt sein. Sie hatte einen gebogenen Deckel und Bänder aus verschnörkeltem Eisen. Was wohl drin sein mochte? Ein Schatz vielleicht? Gold, Edelsteine und Diamanten? Vielleicht aber auch etwas Gruseliges. Was, wenn ein Totenkopf drin lag? Oder ein Glasauge von einem Piraten. Das stellte ich mir lieber nicht so genau vor. Vielleicht war ja auch ein Siegelring von einem König drin. Ich drehte die Kiste hin und her und traute mich lange nicht, sie zu öffnen. Vielleicht war nämlich gar nichts drin und das hätte ich noch schlimmer gefunden als einen Totenkopf oder ein Glasauge. Vorsichtig hob ich sie mit beiden Händen hoch und schüttelte sie ein bisschen. Es war etwas darin. Ganz sicher. Aber was? Und weil ich sonst vor Neugier geplatzt wäre, machte ich sie doch auf.

Tausend Jahre und taube Ohren

Meine Finger zitterten und ich spürte mein Herz in meinem Hals klopfen.

„Haus, drück mir die Daumen", murmelte ich und klappte den Deckel der Schatzkiste nach oben.

Gold, Edelsteine und Diamanten waren keine drin. Auch nichts Gruseliges. Kein Totenkopf. Kein Glasauge und kein Siegelring. Dafür drei Pergamentrollen und ganz unten ein goldener Schlüssel an einem Lederband. Schlüssel mag ich total gern. Ich freu mich immer, wenn ich einen Schlüssel finde, und frage mich dann, zu welchem Schloss er gehört und was sich hinter dem Schloss wohl verbirgt. Alle Schlüssel, die ich finde, bewahre ich in einer Dose auf. Sie passen zu Tagebüchern, zu Sparschweinen, Fahrradschlössern, Kellerabteilungen und Zimmern. Die meisten dieser Schlüssel in meiner Dose sind rostig und die Tagebücher, Sparschweine und Fahrräder, zu denen sie gehört haben, gibt es längst nicht mehr. Aber dieser Schlüssel hier war anders. Er war etwas ganz Besonderes. Er war nur so groß wie ein normaler

Zimmerschlüssel, aber er lag schwer in meiner Hand. So schwer konnte nur pures Gold sein. Wo war das passende Schloss dazu und was mochte sich dahinter verbergen? Aufgeregt hängte ich ihn mir um den Hals.

Dann rollte ich das erste Pergament auf. Oh, wie geheimnisvoll und aufregend das alles war! Zuerst dachte ich, es sei eine bunte Landkarte von der ganzen Welt, aber dann erkannte ich, dass es eine Karte von meinem Haus war, mit all den vielen Stiegenhäusern und Stockwerken und Kellern. Ich drehte die Karte auf den Kopf und zur Seite, nach links und nach rechts und versuchte mich zu orientieren. Aber es war echt schwierig und die Schrift war alt und winzig. Um den Rand des Pergaments schlängelte sich ein Spruch:

„Reise um die ganze Welt,
bleib nirgends lang, wo's dir gefällt,
dann wirst du finden einen großen Schatz,
der hat an jedem Ort seinen Platz.
Frag nicht Löwe und Känguru,
die wissen nicht sehr viel dazu,
meide nur den Bambuswald,

dort verlierst du den Verstand ganz bald,
kommst du am Ende dann ans Ziel,
triffst du sicher kein Krokodil,
sondern etwas für dein großes Herz,
ich lüge nicht, das ist kein Scherz."

Weil ich den Spruch nicht ganz verstand, las ich ihn noch einmal. „Reise um die ganze Welt … bleib nirgends lang, wo's dir gefällt …" Hier ging es eindeutig um einen Schatz. Ich hatte eine Schatzkarte gefunden! Aber musste man, um den Schatz zu kriegen, um die ganze Welt reisen? Was war das für ein Schatz? Ein Schatz für ein großes Herz. Schmuck wahrscheinlich und Edelsteine. Vielleicht halfen mir die anderen Wörter auf der Karte, die da in all den Zimmern standen, aber sie waren so winzig geschrieben, dass ich sie kaum entziffern konnte. Mit Müh und Not konnte ich lesen: „Urwald, Antarktis, Wüste, Südsee." Vorsichtig rollte ich das Pergament wieder zusammen. Um den Schatz wollte ich mich später kümmern. Dafür war ich jetzt viel zu aufgeregt.

Ich nahm die zweite Rolle. Ein Lebkuchenmann war darauf gezeichnet. Darunter stand:
- 1 Pfund Zucker
- ½ Seidlein oder 1/8erlein Honig
- 4 Loth Zimmet
- 1 ½ Muskatrimpf

- 2 Loth Ingwer
- 1 Loth Caramumlein
- ½ Quentlein Pfeffer
- 1 Diethäuflein Mehl – ergibt 5 Loth schwer.

Das war viel einfacher als die Schatzkarte – es war ein uraltes Lebkuchen-Rezept. Eindeutig. Auch dieses Pergament rollte ich wieder zusammen. Dann kam die dritte Rolle. Die Schrift darauf sah wichtig aus. Es war eine Urkunde.

URKUNDE

Dieses ehrwürdige Haus wurde im Jahr 1015 erstmals erwähnt. Auf wundersame Weise überstand es die Kreuzzüge, den siebenjährigen Krieg, den dreissigjährigen Krieg, zwei Weltkriege und alle anderen Katastrophen. Es schlug plündernde Soldaten, Räuberhorden, Fürsten und Tyrannen in die Flucht. Es überlebte zwölf Feuersbrünste, drei Hochwasser, Hippies, Holzwürmer, Landstreicher und gierige Immobilienmakler. Deswegen vergiss nie: Dies herrliche Haus ist erbaut für Pferde, Schweine, Rinder und Menschenkinder.

Da stand diese Zahl: 1015.

Davon bekam ich eine Gänsehaut. In Gedanken machte ich aus dem ersten Einser einen Zweier: 2015! Mein Haus war genau tausend Jahre alt. Tausend Jahre! Mir wurde ganz schwindlig. Tausend Jahre! Das war wirklich alt. Das Haus hatte in diesem Jahr Geburtstag. Den tausendsten Geburtstag. Kennst du jemanden, der seinen tausendsten Geburtstag feiert? Ich war richtig aufgeregt und stellte mir ein Geburtstagsfest vor, ein großes Fest mit all unseren Freunden, mit Girlanden und Lichterketten, mit Wunderkerzen, Tischbomben, Kindersekt und Luftballons, mit einem selbst gedichteten Lied, das wir unserem Haus vorsangen. Schon fingen in meinem Kopf die Geigen zu spielen an. Ich klappte die Schatzkiste zu, klemmte sie unter den Arm und sauste damit viele Treppen abwärts. In Windeseile schob ich sie unter mein Bett. Das Pergament mit der Urkunde nahm ich mit. Ich konnte es kaum erwarten, meinem Papa, Flip, Konrad und Amir von dem Geburtstagsfest zu erzählen. Tausend! Was für eine Zahl.

Zuerst rannte ich zu meinem Papa ins Atelier. Dort war ein großes Durcheinander. Auf der Werkbank, auf der Staffelei, auf dem Boden, an den Wänden – überall waren Skizzen, Bilder und Zeichnungen. Auf einem Bild waren die Wolkenkratzer von New York zu sehen und ich

mittendrin, ganz klein und verloren. Das Bild war traurigschön. Auf einem Bild sah ich einen großen Papierflieger. Wir saßen drauf und flogen damit über den See. Und überall unser Haus. Mein Papa stand mittendrin und malte gerade die vielen Fenster. Er hatte eine dicke Falte auf der Stirn und wirkte sehr konzentriert.

„Papa!", rief ich aufgeregt und winkte mit der Pergamentrolle.

„Meine Güte, hast du mich jetzt erschreckt."

„Ich muss dir was ganz Wichtiges erzählen! Es ist total verrückt. Du wirst es nicht glauben."

„Sunny", unterbrach er mich. „Ich möchte dir gern in Ruhe zuhören, aber ich muss das hier fertig machen. Bitte, lass uns am Abend reden."

„Aber Papa! Es ist total wichtig."

Er nahm seine Brille von der Nase und schaute mich ganz lieb an. „Glaubst du denn, dass es heute Abend zu spät sein wird?"

Ich dachte nach. Das Haus war heute Abend auch noch tausend Jahre alt und morgen auch. Enttäuscht schüttelte ich den Kopf.

„Bitte, nicht böse sein. Ich hör dir gern zu, aber nicht jetzt, du verstehst doch …", sagte er und noch viel mehr, aber ich hörte es nicht, weil ich schon gegangen war. „Danke, dass du mit dem Haus geredet hast. Das Quietschen hat aufgehört!", rief er mir laut hinterher.

Ich schluckte meine Enttäuschung herunter. Konrad würde mir zuhören. Ganz bestimmt. Konrad hatte immer Zeit für mich.

Schwarzer Rauch quoll aus der Werkstatttür, es roch nach geräuchertem Speck und gegrillten Würstchen. Ich betrat die Werkstatt, ging zwischen einem alten Traktor und einem Motorrad durch, kam an einer Badewanne vorbei, in der Konrad superscharfe Salatköpfe züchtete. Konrad mag es gern scharf. Der Rauch stieg aus einem riesigen Ofenrohr, das so dick war wie eine Tonne und sich wie eine Achterbahn durch die ganze Werkstatt zog. Ich folgte Konrads Stimme.

„Hier also ist das Problem!", brummelte er und der Briefträger neben ihm murmelte etwas. Ein Hammer klopfte gegen Blech. Unter dem Ofenrohr lugten vier Beine heraus. Zwei gehörten Konrad, zwei dem Briefträger.

„Konrad?", fragte ich und beugte mich nach unten. Unter dem Ofenrohr hatten sie ihre Köpfe eng zusammengesteckt und ihre Gesichter waren schwarz und ölverschmiert. Sie montierten, hämmerten und schraubten.

„Konrad?", rief ich noch einmal.

„Sunny, bist du das?", keuchte Konrad laut.

„Ich muss dir was Unglaubliches erzählen, es ist wegen dem Haus, es …" Aber Konrad hämmerte einfach weiter.

„Du wirst es nicht glauben, aber das Haus ist …", probierte ich es noch einmal und rollte das Pergament auf.

„Jetzt kannst du die Würste auf die Stricknadeln stecken und dann hier reinhängen", sagte Konrad zum Briefträger. „Was hast du gesagt, Sunny?"

„Nichts", murmelte ich, rollte das Pergament wieder zusammen und trottete aus der Werkstatt.

„Es ist gerade sehr aufregend!", rief er mir hinterher.

Nicht einmal unser Hahn Fernando krähte, als ich an ihm vorbeiging – das machte er normalerweise immer, um mich zu begrüßen, aber heute hockte er schläfrig hinter dem Misthaufen und ließ sich von den Hühnern begackern.

Ich suchte Flip.

Flip tobte nicht mehr um die Eiche. Er war nicht am See. Er war nicht im Wilde-Blumen-Garten. Er war nicht bei den Kräuterbeeten und nicht auf der Veranda. Ich fand ihn in der Küche.

Er und Paul hatten den Küchentisch umgedreht und ein Laken von Tischbein zu Tischbein gespannt. In der Mitte stand ein Besenstiel. Es sah aus wie ein Zelt. Flip und Paul waren darin verborgen und murmelten verschwörerisch. Eine Taschenlampe glitt durch das Zelt und zauberte Schatten von Monty II und Waschbär Kuni an die Zeltwand. Mit ihren Schnauzen suchten sie einen Weg nach draußen. Ich näherte mich leise und spähte

durch ein Loch. Flip und Paul hatten ihre Köpfe zusammengesteckt, schauten in ein Buch mit Piratenschiffen und mampften Gummibärchen und Butterkekse. Viel Platz hatten sie nicht, denn sie waren umgeben von Proviant – Türme aus Konservendosen stapelten sich um sie herum. Es sah so aus, als hätten sie alles Essbare aus dem ganzen Haus in ihr Zelt geschafft – ich sah außerdem noch Pakete mit Reis, Nudeln, Zucker und Mehl.

„Du lieber Himmel", entfuhr es mir und sie drehten sich erschrocken nach mir um.

„Sunny!", rief Flip. „Du darfst hier gar nicht rein. Das ist unser Schiff. Wir fahren in die Südsee."

„Aber ..."

„Doch nur jetzt", sagte Flip. „Wenn du möchtest, darfst du später auch mal mitfahren, oder, Paul? Sie darf doch auch einmal mitfahren?"

„Alter, da braucht sie eine extra Genehmigung", sagte Paul.

„Aber Sunny kriegt doch eine extra Genehmigung, oder?"

„Weiß noch nicht, vielleicht", bestimmte Paul, aber die beiden konnten mich mal.

„Ich will gar keine extra Genehmigung", sagte ich und verließ die Küche. Kinderkram. Bisher hatte Flip immer mit mir gespielt. Aber jetzt war Paul da.

Ich ging zu Amirs Zimmer. Amir war nicht mehr so kindisch. Die Tür war nur angelehnt. Ich schaute hinein und fand, dass er doch kindisch war. Er saß mit den drei Kichererbsen auf dem Bett. Sie hörten Musik und kicherten. Ich machte die Tür zu und beschloss, die Angelegenheit selbst in die Hand zu nehmen.

Die Liste

Sie waren selber schuld. Ich brauchte keinen von ihnen. Das Geburtstagsfest für das Haus konnte ich auch allein organisieren. Schwierig daran war nur, dass das Haus das nicht mitkriegen durfte. Es sollte ja eine Überraschung sein. Also musste ich im Geheimen operieren. Das ist bei uns gar nicht so einfach, aber Flip hatte mich auf eine Idee gebracht.

Ich baute mir aus dem Bettüberzug ein kleines Zelt, schaffte eine Lampe rein, Papier und Farbstifte und fing an, Einladungskarten zu schreiben und zu verzieren. Das war viel Arbeit und es dauerte auch ganz schön lang, aber ich zeichne gern – mein Papa hat mir viele Tricks beigebracht. Ich hatte Spaß und die Einladungen sahen hübsch aus. Das Haus war drauf mit all den Erkern und Dächern, mit dem Wetterhahn und der königlichen Fahne. Darüber stand ganz groß: 1000 Jahre. Dann machte ich mir eine Liste, wer die Einladungskarten kriegen sollte. Die Liste sah so aus:

1. Meine Familie:
   Flip, Amir, Papa, Konrad (4 Personen)
2. Meine Lehrerin:
   Helene van Park (1 Person)
3. Meine Klasse:
   Paul (neuer Freund von Flip, 1 Person)
   Le, Lu, Lau (heißen eigentlich Leon, Luka und
   Laurin, spielen zwar immer Fußball, aber egal,
   3 Personen)
   Die Kichererbsen (heißen eigentlich Anna, Lina
   und Ida, Amirs Freundinnen, aber egal, 3 Personen)
   Das Liebespaar (heißen eigentlich Mavin und
   Rosine, auch Amirs Freunde, knutschen immer,
   aber auch egal, 2 Personen)
   Belinda (isst alles auf und spielt immer Hund,
   Pferd oder Puppen, aber egal, 1 Person)
   Salome, die blöde Zickenprinzessin (Nicht egal!!! Auf
   gar keinen Fall einladen!!! NULL Personen)
4. Meine Freunde:
   Prinz William, seine Oma und Kate (3 Personen)
   Kurt Washington, Poppy und der Chef (3 Personen)
   Brad Pitt und der Frühstücks-Käpten (2 Personen)
5. Sonstige: der Briefträger (Freund von Konrad,
   1 Person)
ZUSAMMEN: 24 Personen und ich

Ich las die Liste mehrmals durch, ergänzte noch ein paar Sachen, machte bei jedem ein Sternchen, der unbedingt kommen musste, und überlegte, ob ich jemanden vergessen hatte. Je öfter ich die Liste durchlas, umso trauriger wurde ich. Zuerst wusste ich nicht genau warum, aber dann fiel mir auf, dass ich Prinz William, Kate und seine Oma gar nicht richtig kannte. Ich hatte sie nur kurz gesehen. Na ja, immerhin hatte ich Prinz William mal einen Brief geschrieben, einen sehr langen Brief zwar, aber war er deswegen ein Freund von mir? Mit Kate und der Oma hatte ich noch nie geredet. Ich setzte ein Fragezeichen auf die Liste. Auch bei Kurt Washington und dem Chef war ich mir nicht sicher. Sie hatten mir mal geholfen und natürlich würde ich mich freuen, sie wieder zu treffen, aber meine besten Freunde waren sie nicht.

Ich musste an Konrad, an Amir und Flip denken. Sie alle steckten dauernd mit ihren besten Freunden unter einer Decke, erlebten gemeinsam Abenteuer und erzählten sich Geheimnisse. Sie erzählten sich bestimmt alles. Aber hatte ich schon einmal mit Prinz William oder mit Brad Pitt in einem Zelt gesessen, Gummibärchen gegessen und Geheimnisse erzählt?

Ich strich „4. Meine Freunde" durch und schrieb hin: „4. Alte Bekannte". Und dann fügte ich noch einen Punkt an. 6. Meine beste Freundin:

Der Platz dahinter blieb leer.

Ich tastete nach dem blauen Esel, der auf meinem Kopfkissen schlief, zog ihn zu mir in die kleine Betthöhle, hielt ihn fest und starrte traurig die Liste an.

Flip war mein bester Freund. Und Amir. Aber das waren meine Geschwister. Konrad war auch mein Freund, aber der war so was wie mein Opa. Mein Papa war mein Freund und natürlich das Haus. Helene war meine Freundin, aber sie war erwachsen und meine Lehrerin. Meine Mama war auch meine beste Freundin, aber sie war weit weg und sie war nicht da. Ich drückte den blauen Esel ganz fest und da fiel mir auf, dass meine Mama gar keine richtige Mama ist. Eine richtige Mama ist nämlich da, wenn man sie braucht. Jeder, der keine Mama bei sich hat, sollte wenigstens eine allerbeste Freundin haben, nicht nur Prinzen und Waschfrauen, Frühstücksköche und berühmte Schauspieler.

Wütend kroch ich aus dem Bettüberzug und stopfte ihn mitsamt den Einladungen, den Farbstiften und der Urkunde unter das Bett. Das Ganze war so eine blöde Idee. Das Fest und die Einladungen und überhaupt alles. Was hatte ich auch diesen quietschenden Wetterhahn reparieren wollen? Mich hatte das Quietschen überhaupt nicht gestört. Na ja, fast nicht. Sollte ihn doch jemand anderer reparieren. Das Haus war tausend Jahre alt. Na und? Die Eiche im Hof war vielleicht schon zweitausend Jahre alt. Wen kümmerte es? Mich jedenfalls nicht. Ich

verließ mein Zimmer, wusste aber gar nicht wohin.

Im Flur blieb ich stehen, um nachzudenken, als sich der Boden unter meinen Füßen zu bewegen anfing und immer weicher wurde. Beinah verlor ich das Gleichgewicht und musste mich an der Wand festhalten. Auf einmal fühlte sich der Flurboden wie ein Trampolin an. Ich ließ die Wand los, machte einen Satz, hüpfte in die Luft, landete, sprang noch zwei-, dreimal, setzte mich und hüpfte noch ein wenig auf und ab, bis ich keine Lust mehr hatte. Normalerweise hätte ich mich gefreut und wäre stundenlang herumgesprungen. Ich hätte mich auf den Hintern fallen lassen, hätte mich gedreht und Saltos ausprobiert. Aber heute wollte ich nicht Trampolin springen. Ich wollte gar nichts.

„Haus!", sagte ich niedergeschlagen. „Hör auf!"
Schlagartig wurde der Boden wieder normal.

Ich setzte mich an die Wand und legte mein Kinn auf die Knie.

Ein Lichtfleck aus Regenbogenfarben tanzte um meine Füße. Er kam von dem

Sonnenlicht, das durch das Fenster am Ende des Flurs in einen geschliffenen Glastropfen fiel, den mein Papa einmal aufgehängt hatte. Der Glastropfen spaltete das Sonnenlicht in unzählige Lichtflecken, die in allen Regenbogenfarben an den Wänden tanzten. Die Lichtflecken bewegten sich und formten sich zu Buchstaben: „HERZ-ALLERLIEBSTE SUNNY. WARUM BIST DU TRAURE-LIG?", schrieben die Lichtflecken an die Wand.

„Weil ich keine beste Freundin hab", sagte ich ganz leise und musste fast weinen.

„WIR WOLLEN NICHT, DASS DU TRAURELIG BIST."

Ich wischte mir übers Gesicht und versuchte zu lächeln.

„VANG UNS!", schrieben die Lichtflecken, flogen alle auf einen Punkt zu und erschienen als einziger großer Lichtfleck, der immer näher auf mich zukam. Ich griff nach ihm und er sprang vor mir davon. Es war mir egal. Ich hatte keine Lust zum Fangenspielen. Aber der Lichtfleck kam zu mir zurück und hüpfte so lange vor meinen Füßen hin und her, bis ich lachen musste. Ich tat dem Haus den Gefallen, stand auf und tat so, als wollte ich den Lichtfleck fangen. Er verschwand durchs Schlüsselloch ins Badezimmer. Ich öffnete die Tür. Aber da war nicht das Badezimmer. Da war etwas ganz anderes.

Ein Butzi-Baby und zwei Giftschlangen

Ich stand in einem großen Kinderzimmer. Es roch nach Zuckerwatte und so ziemlich alles war rosa. Zwischen zwei Fenstern mit bodenlangen rosa Seidenvorhängen stand ein rosarotes Himmelbett, voll mit rosa Herzchenkissen. Auf dem schneeweißen Boden lag ein rosaroter Plüschteppich. Ein weiß verschnörkeltes Schminktischchen mit Spiegel, darauf Nagellackfläschchen in allen Farben und Parfumfläschchen in allen Formen. Der weiße Schrank war offen – Samtkleidchen und Schals in Hellrosa, Altrosa, Dunkelrosa, Kaugummi-Rosa, Mandelblüten-Rosa, Flamingo-Rosa, Schweinchen-Rosa, Nelkenblumen-Rosa, Puder-Rosa und Rosenquarz-Rosa. Die Tapete sah aus wie aus einem Märchenfilm – Prinzessinnen mit aufregenden Kleidern auf dem Weg zum Ball. An einem Silberständer hingen glitzernde Ketten, Perlen, Armbändchen, Schleifen und Ohrringe. An der

Wand stand ein rosarotes Sofa, das wie eine Kutsche aussah und von einem rosaroten Plüschpferd mit weißem Schweif gezogen wurde. Das Einzige, das nicht rosarot war, waren ein Notenständer und ein Geigenkoffer.

Auf dem Kutschensofa saß Salome Benson, meine Erzfeindin. Ich sah sie gar nicht gleich, weil sie ein hellrosa Kleid und eine hellrosa Samtspange in ihrem blonden Haar trug. Aber ich hörte sie, weil sie ihrer Babypuppe ein Schlaflied vorsang. Diese Verräterin hatte heute Vormittag zu Belinda gesagt, dass sie sich schämen sollte, weil sie zum Puppenspielen zu alt war. Und jetzt schaukelte sie selbst eine Puppe in ihren Armen wie ein echtes Baby!

„So, mein liebes Butzi-Butzi-Butzi-Baby. Jetzt schläfst du brav und weckst die Mama nicht mehr", säuselte sie.

„Und morgen gehen wir beide in den Zoo, dann zeig ich dir die Baby-Löwen, die Baby-Elefanten und die

Baby-Pinguine. Die werden dir gefallen, mein lieber Goldschatz." Dann küsste sie die Puppe auf die Stirn.

Ich wollte es echt nicht, aber ich musste prusten. Salome erschrak zu Tode, als sie mich mitten in ihrem Zimmer entdeckte. Sie kreischte so laut wie der Wetterhahn und ihr Gesicht leuchtete wie eine rote Ampel. Ich musste mir die Ohren zuhalten. Schnell stopfte sie ihr Butzi-Butzi-Baby unter eine Decke und schrie immer noch.

„Sunny Valentine!", kreischte sie. „Wie kommst du in mein Zimmer?" Sie sprang auf und baute sich mit geballten Fäusten vor mir auf.

„Ich …", würgte ich hervor, wich einen Schritt vor ihr zurück, stolperte über ein Plastik-Einhorn und

konnte gerade noch verhindern, dass ich der Länge nach hinschlug.

Dann standen wir uns gegenüber und starrten uns an wie zwei feindliche Schlangen, von denen jede darauf wartete, dass die andere zubiss. Ich hatte echt ziemlich viel Angst vor ihr. Sie hatte spitze rosarote Fingernägel, mit denen sie wahnsinnig gut kratzen konnte. In der Schule hatte sie das schon ein paar Mal getan.

„Ich …“, sagte ich noch einmal.

„Ist das das einzige Wort, das du sagen kannst? Ich … ich … ich?“, äffte sie mich nach.

„Ich … nein“, stotterte ich. „Ich war das nicht. Echt. Ich wollte doch nur in unser Badezimmer, aber unser Haus … es ist … es hat mich hierher …“ In dem Moment wurde mir klar, wie bescheuert das klang, und ich biss mir auf die Zunge. Außerdem wollte ich nicht, dass Salome das Geheimnis unseres Hauses kannte. Salome aber wirkte jetzt nicht mehr ganz so wütend, sondern eher neugierig.

„Wie jetzt?“

„Nichts“, sagte ich. „Ich … ich kam gerade vorbei und da dachte ich mir, ich besuch dich mal und sag dir, wie fies das mit dem Frühstück heute Morgen war und …“ Ich geriet ins Stottern.

„Du lügst doch!“, fauchte Salome. „Oder sprichst du von deinem verrückten Kotzstinkhaus? Mein Vater sagt,

dass es dort spukt." Sie kam noch näher auf mich zu und Spucketröpfchen landeten in meinem Gesicht, wenn sie redete. Sie roch, als hätte sie in Puderzucker gebadet. Mir wurde fast schlecht.

„Wie bist du hier reingekommen?", fragte Salome und pikste mir in die Brust. „Ich will sofort wissen, wie du das gemacht hast."

„Gar nichts hab ich gemacht, aber weißt du was, ich werde jetzt einfach wieder verschwinden. Hokuspokus. Wenn ich durch die Tür geh, bin ich weg." Ich betete, dass mich das Haus wieder zurück ließ, und wollte gerade auf die Tür zugehen, als ich beinah in den Armen der Salome-Mutter landete, die aufgeregt hereinstürmte, mir auswich und sich auf ihre Tochter stürzte, um zu untersuchen, ob noch jedes Haar und jede Schleife und Spitze am rechten Fleck war.

„Was ist los, Liebes? Geht es dir gut? Hat dir jemand was getan?"

„Sie!", sagte Salome wütend und zeigte mit dem Finger auf mich. „Sie hat mir was getan."

Mit entsetztem Gesicht sah mich die Salome-Mutter an. Ich bekam richtig Angst vor ihr.

Aber statt mich zu fressen oder mit mir zu schimpfen, bekam sie nur eine dicke Falte auf der Stirn. Sie schien scharf nachzudenken. Mehr zu sich selber sagte sie: „Niemand kommt unbemerkt in dieses Haus. Das ist absolut

unmöglich …" Ihr Blick fiel auf Salome. „Wie oft haben wir dir eingebläut, dass du die Haustür nicht selber öffnen darfst? Ein falscher Knopf und schon geht die Alarmanlage los."

„Das weiß ich doch", sagte Salome empört. „Natürlich hab ich die Tür nicht aufgemacht."

Ihre Mutter durchleuchtete sie streng mit ihren Augen.

„Mama!", sagte Salome eindringlich. „Ich hab nicht aufgemacht. Ich weiß nicht, wie sie reingekommen ist. Sie war auf einmal da."

Aber ihre Mutter glaubte ihr kein Wort.

„Kindchen, niemand kommt unbemerkt in unsere Villa. Das weißt du genauso gut wie ich. Du musst Sunny Valentine hereingelassen haben, eine andere Erklärung gibt es nicht. Komm, Schätzchen, sag mir die Wahrheit. Wie hast du das angestellt?"

„Ich hab gar nichts angestellt. Das war sie!", rief Salome.

Während die Salome-Mutter auf Salome einredete, öffnete ich hinter ihrem Rücken die Zimmertür, trat zurück, schloss die Tür schnell wieder und sah, dass ich in meinem Badezimmer gelandet war. Danke, Haus! Das Letzte, das ich von Salome gesehen hatte, waren die Tränen in ihren Augen, weil ihre Mutter ihr nicht glaubte. Kurz tat mir Salome leid, aber nur ganz kurz. Weil dann fiel mir wieder ein, wie fies sie zu Flip gewesen war.

„Puuh", sagte ich, klappte den Klodeckel runter und setzte mich erschöpft drauf, um den Schrecken zu verdauen. „Haus! Das war echt knapp. Mach das nicht noch einmal!"

In den Wasserleitungen gurgelte es. Aus dem Wasserhahn kam zuerst Schaum, dann Cola. Das machte das Haus immer, wenn es sich mit mir versöhnen wollte. Ich trank einen Schluck und blätterte in einem der vielen Comics, die mein Papa auf der Fensterbank neben der Kloschüssel lagerte. Ich hatte noch gar nicht viel gelesen, als ich hörte, wie ein Auto in unseren Hof fuhr.

„Uuuut-uuuut!", machte es und ich brauchte eine Weile, bis ich erkannte, dass da nicht dieses Auto hupte, sondern dass das Haus klingelte. In unserem Haus klingelt es nie gleich. Manchmal tönt unsere Klingel wie eine muhende Kuh, manchmal wie eine pfeifende Teekanne, wie ein Rasierapparat, eine Kettensäge, eine Dampflok, eine Opernsängerin, ein Frosch oder wie Kirchenglocken, die zu einer Hochzeit läuten. Heute also: „Uuuut-uuut!"

Der Wasserfall aus dem Himmel

Vom Klodeckel aus schaute ich hinaus. Das rote Cabrio stand im Hof und vor unserer Haustür warteten Salome und ihre Mutter. Ihre Gesichter konnte ich von hier oben nicht erkennen, aber Salome wirkte nicht mehr traurig, eher kämpferisch. Wahrscheinlich wollte sie ihrer Mutter beweisen, dass ich an allem schuld war, aber ich würde Salome nicht hereinlassen. Auf gar keinen Fall. Die Bensons gehörten zu den Leuten, die nichts von der Magie unseres Hauses wissen durften. Sie würden es nicht verstehen. Sie würden uns Leute vom Fernsehen, von der Zeitung und von der Behörde schicken. Gemeinsam würden sie dafür sorgen, dass wir ausziehen müssten, weil sie uns nicht hier haben wollten. Es fühlte sich schrecklich an. Schnell warf ich das Comic zurück auf die Fensterbank und rannte die Treppe hinunter.

Amir war schneller gewesen. Er wollte gerade die Eingangstür aufreißen, als ich ihn am Arm packte. „Die dürfen nicht rein! Amir, bitte", zischte ich ihm ins Ohr.

„Was ist denn passiert?"

„UUUT-UUUT", machte die Haustür so laut, dass wir fast aus den Hausschuhen kippten. Blitzschnell schilderte ich Amir, was in Salomes Zimmer geschehen war. Wie immer kapierte er sofort und schickte mich kurzerhand hinter den Schirmständer. „Versteck dich. Ich regle das!"

Das Haus ließ den Schirmständer ein wenig in die Breite und in die Höhe wachsen. Woher die vielen schwarzen Beerdigungsschirme auf einmal kamen, wusste ich nicht, aber jedenfalls konnte ich mich dahinter verstecken und Amir öffnete die Tür. Eine süße Duftwolke schwappte herein und das Haus stöhnte so hörbar, dass Salome und ihre Mutter ein paar Schritte zurückwichen.

Obwohl Salome heute in der Schule so gemein gewesen war, begrüßte Amir sie und ihre Mutter sehr höflich. Er reichte ihnen sogar seine Hand, die aber keine von beiden nahm. Sie kamen sich wohl wie etwas Besseres vor.

Salome spähte neugierig an Amir vorbei in den Flur, ich duckte mich und las, was für Sprüche auf den Schirmen vor meiner Nase standen: „WIR WERDEN DER GROSSEN STINKVRAU EIGENHÄNDIG DEN HALS UMKRÄHEN. WIR WERDEN IHR IN DIE SUPPE SPUCKEN. WIR WERDEN SIE AN DER NASE AUVHÄNGEN. WIR WERDEN SIE BEI LEBENDIGEM KLEID FERGRABEN. WIR WERDEN IHR MIT GLÜHENDEN ZANGEN IN DIE HINTERBACKEN ZWICKEN." Auweia. Das Haus brachte mich so zum Lachen, dass ich mir die Hand auf

den Mund pressen musste. Ein bisschen hoffte ich ja, dass die beiden hereinkamen, nur um zu sehen, was das Haus mit ihnen anstellte. Aber gut enden würde das bestimmt nicht.

„Wir möchten Sunny Valentine und ihren Vater sprechen", sagte die Salome-Mutter scharf und ohne zu lächeln. „Wenn du die beiden wohl holen könntest."

„Sicher", sagte Amir, immer noch freundlich. „Vielleicht warten Sie aber besser hier draußen."

„Worauf du Gift nehmen kannst!", fauchte die Salome-Mutter. Es krachte im Gebälk. Sie zog erschrocken den Kopf ein, warf einen Blick nach oben und machte empört: „Ts-ts-ts. Dieses Monstrum von Haus ist baufällig und gemeingefährlich. Es gehört längst abgerissen. Ein Schandfleck." Sie wich einen Schritt zurück, zog Salome zu sich, öffnete ihr Handtäschchen und puderte zuerst ihr eigenes, dann Salomes Gesicht. Sie zupfte an ihrem eigenen, dann an Salomes Kleid und rückte die Schleife in ihrem Haar gerade.

Amir rannte an mir vorbei die Treppe hoch und im gleichen Augenblick explodierte etwas in Surinam. Salome und ihre Mutter wirbelten herum. Mein Papa polterte die Treppe herunter und ich wagte einen Blick aus meinem Versteck hervor.

Eine schwarze Rauchwolke quoll aus der Werkstatttür und spuckte Konrad und den Briefträger aus, die etwas

in den Händen hielten, das wie Bratwürste auf Stricknadeln aussah. Sie torkelten benommen zur Eiche und
ließen sich lachend auf die Bank fallen.

„D-d-das ist bei-bei-beinah schie-schief-ge-ge-gan-
gen", sagte der Briefträger. Nicht dass du jetzt glaubst,
der Briefträger stotterte wegen der Explosion. Der stot-
tert immer.

„Beinah schiefgegangen?", rief Konrad, klopfte sich lachend auf den Oberschenkel und biss genüsslich in die
Bratwurst. „Da ist gar nichts schiefgegangen. Das sind,
verflucht noch mal, die besten geräucherten Bratwürste
meines Lebens." Kauend schwenkte er die Stricknadeln
und brüllte über den Hof: „Wollen Sie probieren?"

Fassungslos schüttelte die Salome-Mutter den Kopf.
Ich hatte den Eindruck, dass Salome ein bisschen grinsen
musste.

„Schickes Auto haben Sie da", rief Konrad und zeigte
mit der Wurst auf das rote Cabrio.

Mein Papa entdeckte mich in meinem Schirm-Ver-
steck. „Was …"

Amir hielt ihm im richtigen Moment den Mund zu.
„Sunny ist nicht da", flüsterte er ihm ins Ohr.

„Wenn du meinst", murmelte mein verwirrter Papa,
stopfte sich sein Hemd mit den vielen Farbtupfern in die
Hose und schaute nervös zwischen dem Schirmständer
und der Salome-Mutter hin und her.

„Frau Benson", sagte er dann freundlich und strich seine Haare aus dem Gesicht, was aber nicht viel half. „Ich
freu mich sehr, dass Sie uns endlich einmal besuchen.
Kommen Sie doch bitte herein!"

Oh nein. Papa!

„Äh", machte Amir und hatte auch keine schnelle Idee,

aber das war nicht schlimm, denn die Salome-Mutter sah nicht so aus, als wollte sie tatsächlich hereinkommen. Mein Papa steckte seine Pinsel in die Gesäßtasche seiner Hose, wischte sich die Hand daran ab und reichte sie ihr. Sie schüttelte sie kurz und ließ sie gleich wieder los.

„Wollen Sie nicht doch hereinkommen?" Papa! Nein! Das Haus knarrte laut. Amir stöhnte und auf den Schirmen erschienen neue Sprüche: „SIE SOLL ES NUR WAGEN HEREINZUBETEN. WIR WER-DEN IHR JEDES BARTHAAR EINZELN AUSBEISSEN. WIR WERDEN SIE IM SEE BETRINKEN."

„Darf ich Ihnen dann wenigstens etwas anbieten?" Himmel, Papa!!! „Kirschsaft. Holundersirup. Eiskaffee. Wir haben alles da! Sie können auch ein Glas Sekt haben, wenn Sie das lieber möchten. Oder lieber Wasser? Mit Eiswürfel. Oder Tee? Für Salome vielleicht Zitronenlimonade."

„Nein danke", sagte die Salome-Mutter zu allem, was er vorschlug, bis mein Papa enttäuscht aufgab.

„Schade eigentlich, wo wir doch Nachbarn sind", murmelte er.

„Wir möchten mit Sunny reden. Meine Tochter hier meint, Sunny hätte Ihnen und uns etwas Wichtiges mitzuteilen", sagte die Salome-Mutter.

„Sunny ... nun ja ...", mein Papa kratzte sich am Hinterkopf. Er war noch nie ein guter Lügner gewesen, aber Amir zupfte ihn am Hemd und das half meinem Papa. „Amir", sagte er erleichtert. „Weißt du, wo Sunny ist?"

Amir schüttelte den Kopf. „Ich hab gerade überall gesucht. Sie können wieder gehen, Frau Benson. Sunny ist nicht da!"

„Konrad!", rief Papa zur Eiche hinüber. „Weißt du, wo Sunny ist?" Beinah kam es mir so vor, als hätte Papa inzwischen schon wieder vergessen, dass ich nur ein paar Meter hinter ihm zwischen den Schirmen hockte.

„Wahrscheinlich ist sie am See", rief Konrad. „Frösche fuxen, Nixen ärgern und Wassermänner plagen."

Oh Konrad! Was machst du? Die Salome-Mutter musste uns spätestens jetzt für komplett durchgeknallt halten. Das tat sie wohl auch. Denn das, was danach kam, war nicht schön. Das möchte ich eigentlich gar nicht erzählen. So schrecklich war es.

Die Salome-Mutter konnte nämlich nicht verstehen, dass keiner wusste, wo ich mich rumtrieb.

„Was sind Sie denn für ein Vater? Sie verletzen Ihre Aufsichtspflicht. Wahrscheinlich wissen Sie auch nicht, dass Ihre Tochter heute bei uns in der Villa eingebrochen ist. Und dass Sie mir mitten ins Gesicht gelogen hat, wissen Sie wahrscheinlich auch nicht."

„Angelogen? ... Eingebrochen?", stammelte mein Papa

und erschrak richtig. „So etwas würde Sunny nie machen." Ach, mein lieber Papa. Manchmal flunkere ich schon mal, aber nur wenn es nicht anders geht.

„Offenbar haben Sie keinen blassen Schimmer, was Ihre Tochter den lieben langen Tag so treibt. Sie kümmern sich zu wenig um Ihre Kinder, Herr Valentine ... aber so wie Sie aussehen, können Sie sich ja nicht mal um sich selbst kümmern. Schauen Sie sich doch mal an!" Schnippisch zeigte sie auf die vielen Farbspritzer in seinem Gesicht.

„Ich habe gearbeitet", sagte mein Papa. „Wollen Sie meine Arbeiten sehen? Sie sind wirklich schön geworden." Ich hörte, dass er traurig lächelte, und wollte ihn am liebsten ganz fest drücken.

Natürlich wollte die Salome-Mutter seine Arbeiten nicht sehen.

„Sie sollten sich mehr um Ihre verwahrlosten Kinder kümmern als um Ihre ... was ist das überhaupt, was Sie ar-bei-ten?" Sie spuckte es beinah.

„Kunst", sagte mein Papa. „Ich mache Kunst."

„Als um Ihre ... Ihre ... KUNST." Sie sprach es so aus, als sei das Wort vergiftet. Und dann wurde sie richtig fies. „Wenn schon keine Frau im Haus ist!"

Ich hörte, wie mein Papa tief Luft holte, aber kein Wort herausbrachte. Es hatte ihm buchstäblich die Sprache verschlagen.

„Und wer sind diese beiden …“, sie deutete in Richtung Eiche, „… gemeingefährlichen … Clowns?“

Beinah wäre ich wie ein Schachtelteufel aus meinem Versteck gehüpft und ihr an die Gurgel gesprungen. Was meinte sie eigentlich, diese … diese große Stinkfrau. Niemand darf meinen Papa beleidigen oder Konrad, und meine Mama schon gar nicht. Das dachte sich das Haus wohl auch. Es knarrte jetzt so laut im Gebälk, dass die Salome-Mutter vor Schreck den Kopf einzog. Auf einmal plätscherte es. Laut und kräftig. Ich spähte aus meinem Versteck. Da draußen stürzte ein kleiner Wasserfall aus dem Himmel und landete zufälligerweise mitten im Cabrio, genau auf dem Fahrersitz. Während die Salome-Mutter nach Luft schnappte, rannte ich unbemerkt in die Küche, wo immer noch Flips Piratenschiff-Zelt stand. Vom Küchenfenster aus erkannte ich, dass das Haus eine Dachrinne mitten über den Hof geschoben hatte, und von dort fiel ein Sturzbach ins Cabrio.

„Es regnet“, sagte mein Papa ganz ruhig. „Vielleicht ist es besser, Sie machen Ihr teures Auto zu.“

Kreischend rannte die Salome-Mutter zu ihrem Auto. Mein Papa riss einen Begräbnisschirm aus dem Schirmständer, eilte ihr grinsend hinterher und spannte ihn über ihrem Kopf auf, damit sie einsteigen konnte. Hoffentlich sah sie nicht, was auf dem Schirm stand: „AUV NIE MEER WIEDERSPRÜHEN, GROSSE STINKVRAU.“

Fluchend fuhr sie davon und ich bin mir sicher, dass sie einen ganz nassen Hintern hatte. Konrad und der Briefträger winkten ihr mit den Würsten hinterher.

Ich stand zwischen meinem Papa und Amir und sah ihr nach. Und dann fiel uns im gleichen Moment genau das Gleiche ein, denn wir sagten alle drei gleichzeitig das gleiche Wort: „Salome!"

Salome war nämlich nicht mit ins Auto gestiegen.

Treppauf, treppab und wieder zurück

Mein Papa, Amir und ich trommelten die ganze Familie und alle anderen zusammen: die Kichererbsen, Flip, Paul, Monty II, Kuni, Konrad und den Briefträger. Wir hatten uns gerade im Hof versammelt und machten einen Plan, als das Cabrio donnernd zurückkam und quietschend vor uns anhielt. Die Salome-Mutter stieg aus. Flip und Paul kicherten, weil sie aussah, als hätte sie sich in die Hose gemacht. Die beiden wussten ja nicht, dass es im Cabrio nass gewesen war.

Wutschnaubend trat sie auf meinen Papa zu, aber bevor sie richtig loslegen konnte, sagte Amir ruhig: „Falls Sie Salome suchen: Die ist zu Fuß nach Hause gegangen. Wir sollen Ihnen einen schönen Gruß ausrichten."

„Das wird ein Nachspiel haben", fauchte die Salome-Mutter, fuchtelte mit dem Zeigefinger in der Luft herum, als sei er ein Zauberstab, stieg wieder ein und fuhr davon.

Bis das Nachspiel begann, machten wir uns auf die Suche nach Salome. Wir jagten treppauf, treppab, schauten hinter jeden Vorhang, blickten in jeden Schrank, öffneten jedes Türchen und jede Besenkammer.

„Salome!", schallte es durchs Haus.

„Sa-Sa-Salome!" Das war der Briefträger.

„Salome! Wo bist du?" Es trappelte und polterte. Fußtritte und Schritte überall. Monty II bellte. Flip und Paul riefen sich gegenseitig. Die Kichererbsen blieben zusammen und riefen nicht nach Salome, sondern nach Amir, weil sie Angst hatten, sich zu verlaufen.

Aber in unserem Haus ist es nicht so einfach, jemanden zu finden, denn die Zimmer und Nischen und Kammern ändern ihren Platz – mal sind sie hier, mal dort, mal sind sie links, mal rechts, mal oben, mal unten. Sie sind da und wieder weg. Dort wo eben noch eine Luke in den Keller war, sind plötzlich nur noch Holzdielen. Eine Tür, die eben noch da war, gibt es von einer Sekunde auf die andere nicht mehr und eine andere erscheint. Unser Haus hat manchmal drei Stöcke, manchmal aber auch sieben oder acht. Der Keller ist sowieso ein einziges Labyrinth. Wenn unser Haus nicht wollte, würden wir Salome nie im Leben finden. Außerdem konnte das Haus Salome an jeden Ort der Welt schicken. Mich hatte es schon nach London und nach New York geschickt. Was, wenn es Salome diesmal nach Moskau, Paris, nach Kairo oder Peking geschickt hatte? Mir wurde ein bisschen mulmig zumute und ich rannte auf den Dachboden, um in Ruhe mit dem Haus zu reden. Der kaputte Wetterhahn lag noch am Boden. Um den musste ich mich auch noch kümmern. Ich seufzte.

„Haus! Wo ist sie?"

Ich blickte mich um – die losen Lego-Klötze, die auf einem Haufen lagen, verschoben sich, bis ich Buchstaben erkennen konnte.

„DAS EDLE VRÄULEIN BEFORZUGT ES, SELBST SICH ZU FERDRECKEN!", schrieb das Haus aus gelben und grünen Klötzen.

„Verdrecken? Salome und sich dreckig machen? Da kennst du sie aber schlecht. Die macht sich überhaupt nie …" In dem Moment verstand ich, dass das Haus nicht verdrecken, sondern verstecken meinte.

„Du meinst, sie versteckt sich selbst? Aber warum?"

„WEIL ES BEI UNS SO ÜBERAUS BEGLÜCKEND IST. KOMMT NUR ALLE HEREIN, IHR LIEBEN TROPENFÖGEL. KALT UND JUNG, GROSS UND VEIN, DICK UND DÜNN, ARM UND BEIN. NUR DIE GROSSE STINKVRAU MUSS DRAUSSEN BLEIBEN."

„Haus", sagte ich. „Du lenkst ab. Wo ist sie?"

„DU MEINST DIES HOLDE WEIB NAMENS SALA-MI?"

Ich musste lachen. „Sie heißt Salome. Aber du lenkst schon wieder ab. Du weißt genau, wen ich meine. Also, wo ist sie?"

Es dauerte diesmal lange, bis das Haus die Klötze in die richtige Form geschoben hatte. Fast kam es mir vor, als müsste es überlegen, bis endlich in einem bunten Durcheinander da stand: „ES TUT UNS BEILEID. WIR HABEN NICHT DIE GERINGSTE PLANUNG."

„Schade", murmelte ich und hatte auch keinen Plan. Ich setzte mich auf einen Treppenabsatz und überlegte. Warum wusste das Haus nicht, wo Salome war? Es wusste doch sonst immer alles. Wo konnte sie sein? Warum versteckte sie sich? Unterdessen hörte ich, wie sich alle verabschiedeten – die Kichererbsen von Amir, Paul von Flip und der Briefträger von Konrad.

Ich ging in die Küche. Flip war gerade dabei, sein Piratenzelt auszuräumen. Wir halfen ihm, schleppten Konservendosen zurück in die Speisekammer, schichteten Reis, Mehl und Zucker wieder in die richtigen Küchenschränke, versorgten Getränkeflaschen und Geschirr, Comics und Bilderbücher, selbst gebastelte Piratenflaggen, Karten von den sieben Weltmeeren, Taschenlampen, Gummibärchenpapier und Butterkeksreste und machten Abendessen.

Keiner sprach viel. Wir warteten auf das Nachspiel. Lange konnte es nicht dauern, bis die Salome-Mutter wieder auftauchte. Wir räumten das Geschirr ab und schauten in den Hof. Nichts. Wir putzten uns die Zähne und schauten in den Hof. Nichts. Wir machten uns bettfertig und schauten in den Hof. Nichts. Sie machte es wirklich spannend. Irgendwann schickte uns Papa ins Bett.

Einschlafen konnte ich nicht, obwohl ich den blauen Esel ganz fest hielt.

Es klopfte und ich zuckte zusammen. Aber die Einzigen, die in unserem Haus klopfen, sind das Haus selbst oder mein Papa. Es war mein Papa. Er roch gut, weil er geduscht hatte, trug einen sauberen Pyjama und setzte sich zu mir ans Bett. Hell schien der Mond durchs Fenster.

„Mach dir keine Sorgen, Sunnylein", sagte er und streichelte meinen Arm. „Wahrscheinlich ist Salome längst daheim. Ich werde morgen bei den Bensons anrufen und alles klären."

Ich nickte, obwohl ich mir kaum vorstellen konnte, dass Salome wirklich daheim war und wie er alles klären wollte.

„Du wolltest mir doch etwas sehr Wichtiges erzählen", sagte er und schaute mich lieb an. „Jetzt habe ich Zeit."

„Ist nicht mehr so wichtig", sagte ich und gähnte und

kuschelte mich an ihn. Mein Papa streichelte meinen Kopf, blickte zum Aquarium und bekam plötzlich Falten auf der Stirn. „Warum ist denn das Wasser im Aquarium so trüb? Ich kann Erwin kaum noch sehen."

„Papa!" Ich musste lachen, sagte ihm aber nicht, dass er selbst es gewesen war, der den Pinsel darin ausgewaschen hatte. „Erwin kriegt morgen frisches Wasser", murmelte ich.

„Hast du eigentlich herausgefunden, was dieses ekelhafte Geräusch gemacht hat?"

„Der Wetterhahn", sagte ich. Mein Papa küsste mich auf die Stirn, deckte mich zu und ging. „Ich hab dich sehr lieb."

„Ich dich auch."

Wenig später ging die Tür noch einmal auf. Amir kam und setzte sich zu mir ans Bett. Auch er sagte, dass Salome wahrscheinlich längst daheim war. Dann redete er von den Kichererbsen, dass sie schon nett seien, aber irgendwie auch anstrengend, und dass sie die Rechnungen nicht kapierten, und dass sie sich schon wieder neue Namen gegeben hatten – heute hatten sie Hilary Vanderpool, Lakisha Rodriguez und Jennifer Chapman geheißen, aber es sei schwierig, sich die Namen zu merken, weil sie sich am nächsten Tag schon wieder neue Namen gaben. Während er redete, legte er sich neben mich und klaute mir ein Stück Bettdecke. Ich hörte nicht mehr al-

les, was er sagte, sondern merkte nur, wie die Tür zum dritten Mal aufging. Flip kroch zwischen Amir und mich und klaute mir noch mehr Bettdecke. Monty II sprang aufs Bett und machte es sich auf meinen Füßen bequem. Dann schlief ich ein. Ich schlief aber nur sehr kurz, denn irgendetwas stimmte nicht. Ich kannte das Atmen von Flip. Ich kannte das Schnaufen von Amir und das Grunzen von Monty II. Ich kannte meinen eigenen Atem. Aber da atmete noch jemand.

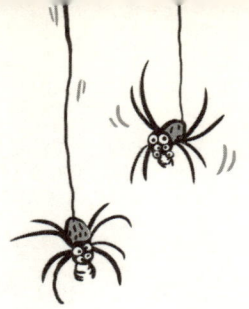

Salami-Alarm

Mir war echt unheimlich. Während Flip und Amir eng an mich gekuschelt tief und fest schliefen, lag ich plötzlich hellwach und steif wie ein Brett im Bett und lauschte angestrengt. Das Atmen war wieder verschwunden, dafür raschelte etwas wie ein Pergament, das zusammengerollt wurde. Es kam von unter dem Bett. Monty II konnte es nicht sein. Der schnarchte bei unseren Füßen und seine Pfoten bewegten sich, weil er träumte. Toller Wachhund! Der Waschbär konnte es auch nicht sein, denn den ließ Papa nicht in unser Zimmer. Konrad war es bestimmt auch nicht – was hätte der auch unter meinem Bett tun sollen?

„Amir", flüsterte ich und tippte ihm auf die Schulter. Aber Amir schmatzte nur und drehte sich zur Seite.

„Flip", flüsterte ich. Aber Flip schlang nur einen Arm um mich, lutschte an seinem Daumen und machte keine Anstalten aufzuwachen.

In dem Moment tauchte ein blonder Schopf mit einer Schleife unter meinem Bett auf. Ich erschrak fürchterlich

und hielt mich an Amir und Flip fest. Bis ich erkannte, dass es Salome war. Wütend starrte ich sie an und zischte: „Was machst du denn hier?"

Hochnäsig warf sie ihre Haare in den Nacken und zupfte sich den Staub aus ihrem Kleid.

„Das, was du bei mir auch gemacht hast. Jetzt siehst du mal, wie grässlich es sich anfühlt, wenn plötzlich jemand in deinem Zimmer auftaucht." Ihr Blick fiel auf mein Bett. Sie fing an zu grinsen und zeigte zuerst auf den blauen Esel, dann auf meine Brüder. „Was machen die denn in deinem Bett? Wie alt seid ihr denn? Kleinkinder? Der da lutscht ja noch an seinem Daumen."

Diese fiese … Warum hatte das Haus nicht längst ein Loch unter ihren Füßen aufgetan und sie verschluckt?

„Noch ein Wort gegen meine Brüder und ich …" Verzweifelt dachte ich darüber nach, was dann war, als ich hörte, dass ein Auto auf den Hof fuhr. Um diese Zeit Besuch? Das konnte nur das Nachspiel sein. Salome warf einen Blick aus dem Fenster und erschrak. Ich kniete mich hin und reckte meinen Kopf – es war der schwarze Luxuswagen von Herrn Benson. Salomes Eltern stiegen aus.

„Oh nein!", japste Salome und rannte aus meinem Zimmer. Diesmal würde sie mir nicht davonkommen. Ich kletterte über Amir, der kurz aufstöhnte und dann endgültig erwachte. „Sunny? Was ist los?"

„Salami-Alarm", rief ich und sauste hinaus.

Eine Sirene jaulte auf. Sie klang so laut, als müsste sie alle Feuerwehrleute in den umliegenden zehn Dörfern alarmieren. Ich hielt mir die Ohren zu. Die Sirene verstummte. Dann ertönte sie wieder und mir wurde klar, dass es die Türklingel war. Die Bensons!

„Es brennt! Es brennt! Papa, es brennt!", rief Flip aus meinem Zimmer und Monty II bellte wie verrückt.

„Keine Angst", hörte ich, wie Amir versuchte, ihn zu beruhigen.

„SEINE HERRLICHKEIT macht nur Krach", sagte mein Papa, schlug eine Tür hinter sich zu und fluchte, weil er über Kuni gestolpert war.

„Macht vielleicht mal jemand die Tür auf!", brüllte Konrad aus einem anderen Zimmer. „Das hält ja kein Mensch aus!"

Ich überlegte mir, wo Salome hinverschwunden sein könnte, als ich sie um eine Ecke rennen sah. Sie sprang die Treppe hoch, stolperte kurz, weil ihr das Haus eine Stufe wegzog, rannte weiter und verschwand durch eine Tür. Ich lief ihr nach, riss die Tür auf und kam in eine Küche, die ich noch gar nicht kannte. Überall hingen gestickte Spruchbänder verziert mit Mustern aus Edelweiß, Kaffeekannen und Kochlöffeln. Ich hatte keine Zeit zu lesen, was darauf stand. Außerdem gab es noch ein Backrohr, einen kleinen Tisch mit einer Kerze und einen wa-

ckeligen Sessel. Darauf saß Salome in ihrem rosa Kleidchen, kaute nervös an ihren lackierten Fingernägeln und sah mich verschreckt an.

„Komm da raus", sagte ich wütend.

Sie schüttelte ihren Kopf, was mich ziemlich irritierte. Ich hörte die Stimme von Salomes Vater ein paar Stockwerke unter uns.

„Du sollst da rauskommen", befahl ich noch einmal.

„Will nicht!", sagte sie.

„Na gut. Dann ruf ich jetzt deine Eltern!" Ich ging aus der Küche, beugte mich über das Treppengeländer und hatte eigentlich überhaupt keine Lust, ihre Eltern zu rufen, aber ich hatte auch keine Lust, Salome in meinem Haus zu haben. Irgendwie lief hier alles verkehrt.

„NEIN!", rief sie, zog mich zurück in die Küche und wirkte ganz nervös.

„Dann sag mir endlich, was du hier tust. Wir haben stundenlang nach dir gesucht. Und deine Eltern sicher auch."

Als wir uns so gegenüberstanden, wich sie meinem Blick aus und schaute auf die Kerze. „Es ist so … meine Eltern …" Sie sah mich flüchtig an. „Sie …" Ihre Augen wurden feucht und ihre Hände zitterten.

„Hast du Angst?", fragte ich. „Vor deinen Eltern?"

Da nickte Salome und einen kurzen Moment vergaß ich, dass ich ja eigentlich wütend auf sie war.

„Sind sie gemein zu dir?", fragte ich.

Wieder nickte sie aufgeregt.

„Aber ..." Ich fing an nachzudenken und war ganz verwirrt. „Deine Eltern erfüllen dir doch jeden Wunsch. Die kaufen dir alles, was du haben willst. Schau dir doch mal dein Zimmer an."

„Denkst du, ich will das alles haben?", fauchte sie mich an.

Jetzt war ich verblüfft. „Nicht?"

„Na ja, ein paar Sachen schon ... das Himmelbett zum Beispiel ... aber doch nicht alles! Denkst du, mir gefällt dieses blöde Kutschenpferd? Aber mein Papa hat ein Vermögen dafür ausgegeben. Er dachte, er erfüllt seiner Prinzessin einen besonderen Wunsch. Weil er doch nie da ist. Und wenn er dann mal da ist, dann ..." Sie schniefte und ich hörte ihren Vater von unten so laut toben, dass mir ganz anders wurde.

Salome schob den Ärmel ihres Kleides hoch und zeigte mir einen blauen Fleck an ihrem Unterarm. Ich wusste zuerst gar nicht, was sie damit wollte. Wahrscheinlich war sie nur vom Fahrrad gefallen. Aber konnte Salome überhaupt Fahrrad fahren? Ihre Mutter brachte sie doch überall hin – in die Schule, zum Tennis, zum Geigenunterricht und zu Englisch. Mit großen feuchten Augen schaute sie mich an und kaute an ihrer Lippe herum. In dem Moment verstand ich.

„Sie … deine Eltern … dein Vater … Sie … Er …" Ich konnte es kaum aussprechen. „Er schlägt dich?"

Eine Träne tropfte ihr aus dem Auge. Obwohl sie mir sonst so auf die Nerven ging, tat sie mir jetzt richtig leid. Jemand musste ihr helfen. Ich hörte, wie ihre Eltern die Treppe heraufkamen, polternd und laut.

„Wenn Sie mir nicht sofort sagen, wo meine Tochter ist, rufe ich die Polizei!", drohte draußen Herr Benson. „Wo haben Sie sie eingesperrt?"

Immer lauter wurde das Gepolter. Gleich würden sie da sein. Salome sprang auf und zappelte nervös. „So tu doch was! Kennst du kein Versteck? Einen Geheimgang oder so? So was gibt es in solchen Häusern doch immer."

„Haus, hilf!", sagte ich. „Versteck uns vor Salomes Eltern."

„Du redest also wirklich mit deinem Haus", stellte Salome verblüfft fest und schien für einen Moment zu vergessen, dass ihr Vater schon fast vor der Tür war. „Und ich hab immer gedacht, die anderen in der Schule erzählen Quatsch." Sie richtete sich auf, streckte die Brust raus, hob ihre Arme und sagte laut und deutlich wie eine Schauspielerin auf der Bühne: „Oh Haus! Zeige uns schnell deinen Geheimgang! Verstecke uns ganz geschwind."

„Du hast hier überhaupt nichts zu sagen. Wie kommst du überhaupt auf die Idee, dass hier irgendwo ein Ge-

heimgang ist? Wenn jemand von dem Geheimgang wissen müsste, dann ich, schließlich wohne ich hier!", sagte ich.

„Ach." Salome blickte auf ihre Schühchen.

Ich schaute mich um, fand aber nirgends ein Zeichen vom Haus. Bis Salome auf ein Spruchband an der Wand zeigte. Normalerweise standen da so Sachen wie: „Tritt ein, Glück herein." Neben einem Edelweiß erschienen rot gestickte Buchstaben: „IHR KÖNNT EUCH IM GEHEIMSTEN TEIL UNSERER GESAMTEN HERRLICHKEIT FERSTECKEN. SCHON LANGE WAR NIEMAND MEER DORT. ABER WIR WARNEN EUCH. ES KÖNNTE GEVÄHRLICH WERDEN. DIE JUNGEN VRÄULEINS MÜSSEN SICH SCHNELL ENTSCHEIDEN."

„Oh Haus! Wir entscheiden uns natürlich für den Geheimgang", fiepte Salome aufgeregt.

„He! Das ist immer noch mein Haus!", fuhr ich sie an. „Außerdem hast du keine Ahnung, was du da sagst. Du weißt ja nicht, was dem Haus manchmal für Sachen passieren. Dann ist es selber ganz verwirrt und wir sitzen ganz tief in der Tinte." Die Schatzkarte fiel mir ein, die immer noch unter meinem Bett in der Kiste lag. Schade, dass ich sie nicht mitgenommen hatte. Alle Zimmer waren darauf abgebildet, bestimmt auch ein Geheimgang, falls es überhaupt einen gab. Mit dieser Karte würden wir bestimmt jederzeit zurückfinden und den Schatz

„WIR KÖNNEN NICHTS FERSPRECHEN. WIR SIND ZWAR SEHR HERRLICH, ABER ZAUBERN KÖNNEN WIR AUCH NICHT. ENTKLEIDET EUCH... ÄH ... ENSCHEIDET EUCH JETZT."

könnten wir auch noch suchen. Ob ich schnell zurück in mein Zimmer sollte, um sie zu holen? Aber das ging nicht, denn vor der Tür draußen standen Salomes böse Eltern.

„Sunny!" Salome schien es echt eilig zu haben. „Wir müssen in diesen geheimen Geheimgang. Mein Vater wird so mit mir schimpfen. Und mit dir auch, weil du einfach in unserer Villa aufgetaucht bist. Das mag er nämlich gar nicht. Es ist unsere einzige Chance." Vielleicht hatte sie ja recht, aber mir war auch ein wenig mulmig zu mute. Wenn ich da an New York dachte … Und an das Abenteuer im Backinghäm Päläs … Wohin wollte mich das Haus diesmal schicken?

„Haus", sagte ich. „Du hilfst uns doch wieder zurück? Also falls wir uns für den geheimen Teil deiner gesamten Herrlichkeit entscheiden?"

Auf einem Spruchband erschien mit blauem Faden gestickt: „WIR KÖNNEN NICHTS FERSPRECHEN. WIR SIND ZWAR SEHR HERRLICH, ABER ZAUBERN KÖNNEN WIR AUCH NICHT. ENTKLEIDET EUCH … ÄH … ENSCHEIDET EUCH JETZT."

Und dann hörten wir Salomes Vater direkt vor unserer Tür: „Moment mal! Da waren Stimmen. Ist da jemand drin?", polterte er.

„Da drinnen? Nie und nimmer. Das ist nur eine Rumpelkammer ... dreckig und mit Ratten und so", beteuerte mein Papa.

„Bitte! Oh Haus! Zeige uns den Geheimgang!", sagte Salome aufgeregt, was mir gar nicht passte.

„Wenn hier eine was entscheidet, dann ich."

„Dann entscheide dich endlich. Worauf wartest du noch?", drängelte Salome. „Dass mein Vater reinkommt?"

Ich seufzte. „Also gut. Haus, wir entscheiden uns für den Geheimgang." Ich machte mich bereit für ein neues großes Abenteuer in einem fernen Land. In dem Augenblick klappte das Backrohr die Tür nach unten. Wir spähten hinein. Tatsächlich. Da war ein Tunnel. Woher nur hatte Salome von dem Geheimgang gewusst? Oder war das Zufall?

Zur blöden Kuh

„Mein Kleid!", stöhnte Salome und drehte sich nervös zur Küchentür, während sie ins Backrohr kletterte. Ich folgte ihr und in dem Augenblick, als ihr Vater in die Küche kam, klappte die Ofentür hinter uns zu.

Mucksmäuschenstille!

Schweigend krochen wir hintereinander durch den Tunnel. Es war zwar eng, aber wir kamen gut voran und bald konnte ich ein schwaches Licht am Ende des Tunnels sehen. Meine Knie taten weh und es war eng und stickig. Aber als wir fast nicht mehr konnten, waren wir da.

Am Ende des Tunnels lagen verkohlte Holzscheite, und als ich nach oben blickte, konnte ich durch einen hohen Kamin ein paar Sterne am Nachthimmel sehen.

„Iiigitt!" Salome kroch über die Holzscheite, stand auf und versuchte, den schwarzen Ruß aus ihrem Kleid zu klopfen, was aber nicht viel nützte.

„Schau mal, wie ich aussehe!", schimpfte sie. Als ob das meine Schuld war. Mein Nachthemd war genauso

schmutzig, aber mir machte das nicht so viel aus. Wir waren in einem Kaminzimmer gelandet – ein Bärenfell lag auf dem Boden, auf dem man sitzen und ins Feuer sehen konnte, falls eines brannte. Ich merkte, wie müde ich war. Am liebsten hätte ich mich auf das Bärenfell gelegt und geschlafen. Stattdessen nervte mich Salome mit ihrem Kleid. „Wenn das meine Mutter sieht … Wir müssen sofort ein Badezimmer suchen."

Von wegen *wir. Sie* musste ein Badezimmer suchen, nicht ich. Aber meinetwegen, dann suchten wir halt ein Badezimmer. Ich war zu müde, um mich zu wehren. Gähnend folgte ich ihr vom Kaminzimmer in einen Flur. An beiden Wänden links und rechts klebte eine Tapete, die wie eine einzige riesige Weltkarte aussah. Bunt zog sie sich durch alle Flure mit Flüssen, Ozeanen und Gebirgen. An der Form konnte ich sogar einzelne Länder erkennen. Wie in diesen schönen Büchern waren Tiere, Menschen und wichtige Gebäude abgebildet. Ich sah den Eiffelturm und den Schiefen Turm von Pisa. Wir liefen an Afrika vorbei, wo Frauen mit Krügen auf den Köpfen durch die Savanne zogen und Flughunde verkehrt herum in Affenbrotbäumen hingen. Auf einer Tür waren Zebras, Giraffen und Löwen abgebildet. Salome öffnete die Tür. Heiße Luft blies uns ins Gesicht. Ein Tier brüllte. Erschrocken schlug sie die Tür wieder zu und sah mich ängstlich an.

„Ich hab dir ja gesagt, dass du keine Ahnung hast, was das Haus alles kann", sagte ich.

Wir liefen an einem Tapeten-Meer vorbei, wo Schiffe mit aufgeblähten Segeln fuhren und Fischer Netze auswarfen. Salome öffnete eine blau angemalte Tür. Wir hörten Wellen rauschen. „Hilfe! Da prustet ein Wal!", rief Salome und knallte die Tür wieder zu. Wir kamen an Südamerika und dem Zuckerhut vorbei, und als Salome die dazugehörige Tür aufriss, ertönte wilde Karnevalsmusik. Salome riss eine Tür nach der anderen auf, spähte hinein und rief Sachen wie: „Wahnsinn! Ist das irre! Ich glaub's nicht! Schau dir das an!"

Ich war zwar total neugierig, was sich hinter den Türen verbarg, aber ich wollte dieses Erlebnis nicht mit Salome teilen. Es ging mir auf die Nerven, dass sie in meinem Haus herumrannte, als sei es ihres. Ich hätte das alles zuerst entdecken wollen. Sobald sie ihr Kleid geputzt hatte, würde ich sie wieder zurückschleppen in das Kaminzimmer. Von mir aus konnten wir dort die Nacht verbringen und am nächsten Morgen dann, wenn sich ihre Eltern beruhigt hatten, würden wir zurückgehen und alles klären. Und dann wollte ich meine Schatzkarte holen und mich mit Amir und Flip noch einmal auf den Weg hierher machen. Wir würden unsere Rucksäcke mit Broten und Limonade füllen, unsere Wanderschuhe anziehen, durch das Backrohr kriechen und alles erforschen. Wie

schön es werden würde, mit ihnen all die Zimmer in der geheimen Herrlichkeit und den Schatz zu entdecken! Ich konnte es kaum erwarten.

„Hier ist es!", rief Salome, die gerade in Indien eine Tür geöffnet hatte, auf der ein Schlangenbeschwörer und eine Königskobra abgebildet waren. Im Badezimmer dahinter hingen rosarote, gelbe, rote und orange Tücher und an den Wänden war eine Gottheit mit einem Rüssel und vielen Armen abgebildet. Ich hatte keine Lust, Salome dabei zuzusehen, wie sie an ihrem blöden Kleidchen herumrubbelte, und setzte mich auf einen indischen Schaukelelefanten, der einsam im Flur stand und genau die richtige Größe für mich hatte. Es war total gemütlich auf dem Schaukelelefanten und ich war sooo müde. Ich hielt mich an den Ohren fest, schaukelte ein bisschen, studierte die Landkarte auf der Tapete und las, wie die Tiere hießen, die im Himalaja wohnten. Sie hießen heiliger Affe, Sibirischer Steinbock, Schneeleopard, Kragenbär, Schneegeier, Winterschläfer und Wildyak – sein zottiges Fell reichte fast bis zum Boden. An der Wand gegenüber schlängelte sich der Fluss Ganges durch Indien – Menschen mit langen weißen Bärten standen betend im Wasser zwischen roten Blüten. Es gab viel zu sehen. Deswegen schaukelte ich wahrscheinlich länger als nur ein bisschen. Es machte mir ziemlich viel Spaß zu schaukeln und Sachen zu entdecken wie bei einem Wim-

melbild. Dabei musste ich die Zeit übersehen haben. Erst als ich vom Elefanten kippte, weil ich eingeschlafen war, fing ich an, mich zu fragen, was Salome so lange in dem Badezimmer machte.

„Salome?" Ich rappelte mich hoch und ging hinein. Sie war nicht da. Am anderen Ende des Zimmers stand eine Tür halb offen, die in ein anderes Land führte. War sie etwa ohne mich weitergegangen? Ohne etwas zu sagen? Das konnte ich mir nicht vorstellen. „Salome?", rief ich. „Wo bist du?"

Keine Antwort. Aber warum? Ich verstand die Welt nicht mehr. Entweder das Haus hatte sie verschwinden lassen oder sie war entführt worden. Ich rief das Haus, aber es gab mir keine Antwort. Salome steckte offenbar in großer Gefahr. Sie brauchte meine Hilfe! Also los! Nur keine Zeit verlieren.

Ich lief an Buddhas, Bambusmatten, roten Lampions aus Papier, Schalen mit Stäbchen und Seidenkissen mit chinesischen Schriftzeichen vorbei, hätte mich am liebsten fallen gelassen und es mir gemütlich gemacht, aber nein, stattdessen musste ich die blöde Kuh Salome Benson retten. Warum eigentlich? Niemand hatte ihr erlaubt, dass sie in mein Haus kommen durfte. Na ja, mir hatte auch niemand erlaubt, in ihrem Zimmer aufzutauchen. Also suchte ich weiter. Irgendwo musste sie doch sein!

„Haus, hilf!", keuchte ich erschöpft. Im gleichen Atem-

zug entdeckte ich über einem Lichtschalter einen Pfeil mit der Aufschrift: „ZUR BLÖDEN KUH!" Schon musste ich wieder lachen.

„Danke, Haus", sagte ich.

Ich weiß nicht, durch wie viele Zimmer ich lief. Ich kam durch ein ägyptisches Zimmer – Pyramiden und Hieroglyphen auf den Vorhängen, Tongefäße und Bilder von Tutenchamun und der Sphinx. Ich kam durch ein Almhütten-Zimmer mit einem Holzbett und rot-weißkariertem Bettüberzug. Ich kam durch ein Zimmer, in dem ein orientalischer Teppich lag, mit Kissen, einer silbernen Teekanne und Gläschen in der Mitte. Es roch nach Pfefferminz und Weihrauch.

„Salome! Wo bist du?", rief ich und landete wieder in einem Flur. Ich begegnete keiner Menschenseele, riss Türen auf, schlug Türen zu, stolperte treppauf, treppab durch die Länder dieser Welt und hatte schon längst die Orientierung verloren. Ich musste schon Stunden gelaufen sein, vielleicht auch immer nur im Kreis, ich wusste es nicht. Ohne die Schatzkarte war ich verloren. Meine Füße taten mir weh und ich war so müde. Das Einzige, was mich am Laufen hielt, waren die Pfeile: „Zur blöden Kuh."

In einem Flur wuchsen exotische Zimmerpflanzen aus Töpfen. Wilder Wein kletterte über die Tapete und verdeckte die Landkarte darunter. In dem Dickicht entdeckte ich eine grün bemalte Tür mit einem Affenkopf als Türklinke. Ich drückte sie herunter. Feuchte Luft schlug mir entgegen. Es gluckste überall. Der Duft nach Erde, Orchideen und Frühling stieg mir in die Nase. Palmen wuchsen aus Tontöpfen bis zur Decke, von der Luftwurzeln und Vanilleblüten hingen. Mittendrin stand ein Grammofon. Die Schallplatte drehte sich und es kam krachende Musik aus dem Trichter. Zuerst dachte ich, die Sonne würde scheinen, aber es waren ein sonnengelber Lampenschirm und ein silberner Leuchter mit brennenden Kerzen auf einem Tischchen. Dahinter entdeckte ich

ein Fenster, aber draußen war es dunkel. Auf den bodenlangen Vorhängen waren Raubkatzen abgebildet. Ein lee-
rer Vogelkäfig hing an einem Ständer. Und davor lag, ich
konnte es kaum glauben, fein zusammengekuschelt, in
einem Ohrensessel – Salome Benson.

Das brachte mich total durcheinander. Ich hatte damit
gerechnet, dass sie entführt worden war, dass sie in der
Klemme steckte und ich ihr helfen musste. Viele verwir-
rende Gedanken schossen mir durch den Kopf. Salome
war also gar nicht entführt worden. Sie hatte mich einfach zurückgelassen, ohne mir etwas zu sagen. Diese blöde, blöde Kuh. Wahrscheinlich war das von Anfang an
ihr Plan gewesen. Aber warum? Was hatte sie vor? Ich
sollte sie wecken und ihr sagen, wie sauer ich war. Was
hatte sie sich bei der ganzen Aktion gedacht? Was wollte
sie überhaupt? Aber ich war so erschöpft und sah nur
noch die Hängematte, die zwischen zwei kräftigen Zim-
merpalmen hing.

Ein bisschen schlafen nur … und morgen … morgen
würde ich ihr sagen, dass ich nichts mehr mit ihr zu tun
haben wollte, dass es mir egal war, wenn ihr Vater gemein
war … Hoffentlich fand ich den Geheimgang zum Backrohr wieder. Immerhin war das Haus auf meiner Seite,
das wusste ich. Und wenn das Haus nicht mehr wollte,
dass Salome hier war, würde es sie in hohem Bogen aus
dem Fenster werfen. Warum hatte es das eigentlich nicht

schon längst gemacht? Und warum hatte das Haus nicht ihre Eltern verschwinden lassen? Das wäre doch viel einfacher gewesen, als uns durch tausend Zimmer zu schicken. Irgendwas stimmte hier nicht. Aber was?

Mit diesen verwirrenden Gedanken kroch ich in die Hängematte, die sachte hin- und herschaukelte. Ich hörte es glucksen und tropfen, knistern, knacken, rascheln und atmen. Etwas passierte rund um mich herum, aber ich war zu müde, um meine Augen noch einmal zu öffnen.

Ein Ochsenfrosch,
der keiner war

Ich erwachte, weil mir ein Wassertropfen ins Gesicht
klatschte. Blinzelnd öffnete ich meine Augen und schaute an Baumstämmen hoch in einen Regenwald. Blüten,
so groß wie Sonnenschirme. Gräser, die mir bis zum
Bauchnabel wuchsen. Schmetterlinge saugten an Blüten.
Rund um mich herum war ein Dschungel gewachsen.
Vögel kreischten, oder waren es Affen? Ich ließ mich aus
der Hängematte fallen. Der Boden war weich und voller
Moos und Blätter. Von überallher drang Licht durch das
Grün. Riesenameisen krochen über Moos, darunter sah
ich den Parkettboden. Ich folgte ihm bis zum Fenster mit
den Raubkatzen-Vorhängen.

Draußen war es immer noch dunkel, aber nicht weil
Nacht war, sondern weil dichter Efeu vor dem Fenster
wuchs. Ich öffnete es nach innen und kletterte auf die
Fensterbank. Viele kleine Vögelchen zwitscherten im
Efeu. Ich kannte diesen Efeu, er rankte an der schmalen
Rückseite unseres Hauses, dort, wo wir bisher immer ge-

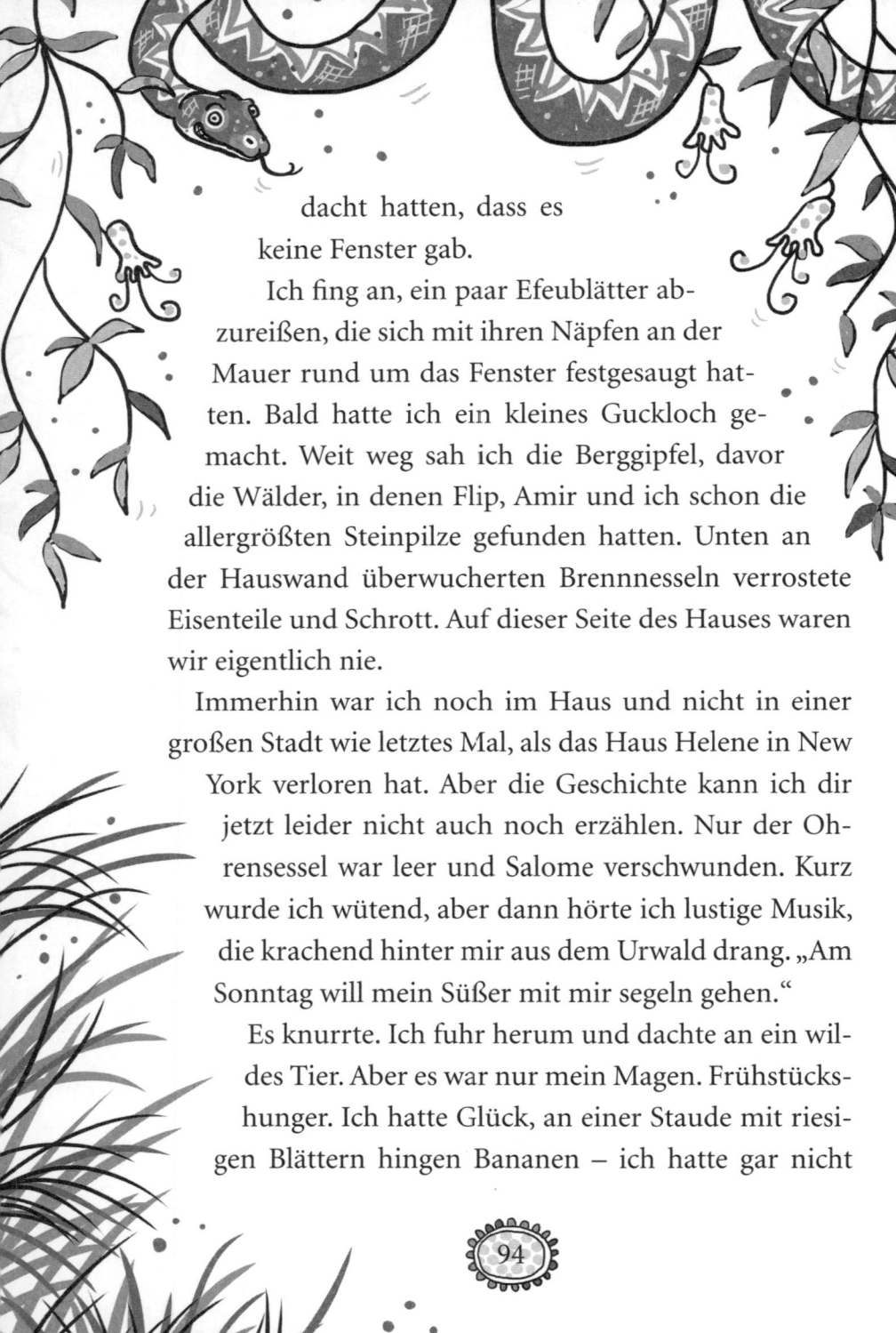

dacht hatten, dass es
keine Fenster gab.

Ich fing an, ein paar Efeublätter ab-
zureißen, die sich mit ihren Näpfen an der
Mauer rund um das Fenster festgesaugt hatten. Bald hatte ich ein kleines Guckloch gemacht. Weit weg sah ich die Berggipfel, davor
die Wälder, in denen Flip, Amir und ich schon die
allergrößten Steinpilze gefunden hatten. Unten an
der Hauswand überwucherten Brennnesseln verrostete
Eisenteile und Schrott. Auf dieser Seite des Hauses waren
wir eigentlich nie.

Immerhin war ich noch im Haus und nicht in einer
großen Stadt wie letztes Mal, als das Haus Helene in New
York verloren hat. Aber die Geschichte kann ich dir
jetzt leider nicht auch noch erzählen. Nur der Ohrensessel war leer und Salome verschwunden. Kurz
wurde ich wütend, aber dann hörte ich lustige Musik,
die krachend hinter mir aus dem Urwald drang. „Am
Sonntag will mein Süßer mit mir segeln gehen."

Es knurrte. Ich fuhr herum und dachte an ein wil-
des Tier. Aber es war nur mein Magen. Frühstücks-
hunger. Ich hatte Glück, an einer Staude mit riesigen Blättern hingen Bananen – ich hatte gar nicht

gewusst, dass die aufwärts ge-
krümmt wuchsen. Ich aß
zwei Bananen und merkte, wie
es mir gleich besser ging. Mamp-
fend folgte ich der Musik, die von irgendwo aus dem
Urwald kam, und hielt Ausschau nach Salome. Wo war
sie nur? Ich hätte nicht so lange schlafen sollen.

Ich kletterte über Wurzeln und entdeckte zwischen
Orchideenblüten und Palmenblättern das Grammofon.
Aber da war noch ein Geräusch, das nicht zur Musik ge-
hörte.

Es war ein Quaken. Ich entfernte mich von der Musik
und lauschte. Eindeutig. Das Quaken klang, als sei ein
Frosch in Not geraten. An Lianen vorbei bahnte ich mir
einen Weg, kam an pilzbewachsenen Bäumen vorbei, sah
dicke Raupen über Äste krabbeln. Ich lauschte – das
Froschquaken war lauter geworden.

Es musste ein riesiger Frosch sein, ein fußballgroßer,
schleimiger Ochsenfrosch. Ich hatte keine große Lust, so
einen zu treffen. Je näher ich dem Quaken kam, umso
lauter wurde es. Auf einmal klang es, als würde ein Rabe
quaken. Dann war ich ganz nah. Vor mir kletterte ein
Laubfrosch an einem Palmenblatt hoch, aber von dem
kleinen Tierchen konnte das mächtige Rabengequake
unmöglich kommen. Ich drehte mich herum. Suchte.
Und entdeckte hinter einem Lampenschirm auf einem

KRÄÄK!

Ast einen wundervollen Tukan. Dass der so heißt, weiß ich von Flip. Flip kennt viele Tiere. Ein Tukan ist ein echter Tropenvogel. Der hier hatte einen riesigen orangen Schnabel und ein glänzendes schwarzes Gefieder mit einer weißen Brust, das wie ein Lätzchen aussah.

Der Tukan riss seinen Schnabel auf und schaute mich aus seinen schönen blauen Augen verzweifelt an. Da sah ich erst, dass er sich mit seiner Kralle in einem gelben Faden verheddert hatte, der am anderen Ende vom Lampenschirm hing.

„KRÄÄK", machte der Tukan und flatterte mit den Flügeln.

„Halt still", sagte ich und wickelte den Faden von seiner Kralle. Sobald er frei war, flatterte der Tukan nach oben in die Baumwipfel, so hoch, dass ich ihn kaum sah.

„He!", rief ich. „Ist das alles?" Enttäuscht stapfte ich weiter. „Ich hätte dich gern zum Freund gehabt", murmelte ich und wich einem schillernden Käfer mit Antennen aus, der vor etwas davonrannte. Meinen Blick fest auf den lebenden Urwaldboden gerichtet, erschrak ich

fürchterlich, als es plötzlich dicht vor mir „KRÄÄK"
machte.

„Tukan!", rief ich froh. Er saß auf einem Ast vor mir in
Augenhöhe und schaute mich mit schräg gelegtem Kopf
an.

„Hallo, du", sagte ich und berührte sachte sein Gefieder, was ihm zu gefallen schien. „Ich heiße Sunny. Eigentlich bin ich wegen Salome hier. Aber die ist blöd und ich
weiß auch gar nicht, wo sie ist."

Tukan flatterte auf, flog einen Ast weiter, drehte sich
nach mir um, wartete, bis ich bei ihm angekommen war,
und flog wieder weiter. Auf diese Weise lotste er mich
durch den Dschungel. Alles sah so echt aus, dass ich mich
fragte, ob ich nicht inzwischen doch in einem richtigen
Dschungel gelandet war, schließlich hatte mich das Haus
ja auch in den echten Backinghäm Päläs geschickt. Aber
dann sah ich zwischen alldem Grün wieder ein Stück
Parkettboden. Es kam mir wirklich so vor, als käme ich
langsam ins geheimste Innerste von meinem Haus. Nur
Salome fand ich nicht.

In einem schwarzen Tümpel lag ein grauer länglicher
Stein. Der Stein klappte ein Auge auf und ich sah, dass es
gar kein Stein, sondern ein Krokodil war, aber es bewegte
sich nicht und klappte das Auge wieder zu.

Und da war sie! Salome saß am Ufer in ihrem rosaroten Kleid, die Schleife immer noch in den jetzt zerzaus-

ten Haaren, und schien nichts von dem Krokodil zu ahnen. In ihren Händen hielt sie … Ich konnte es kaum glauben … War das etwa die Schatzkarte?

Um mich zu vergewissern, schlich ich mich von hinten an sie heran und erkannte, dass es wirklich die Schatzkarte war! Meine Schatzkarte! Salome drehte sie neugierig rundherum und untersuchte sie ganz genau aus allen Richtungen.

Jetzt wurde mir alles klar. Das Rascheln unter dem Bett fiel mir wieder ein. Dort musste Salome die Schatzkarte gefunden haben. Wahrscheinlich hatte sie genug Zeit gehabt, sie in Ruhe zu studieren, als ich noch gar nicht in meinem Bett gewesen war.

Ich stürmte zum Angriff.

„Du hast mich angelogen!", rief ich und sprang von hinten aus dem Urwald. Sie quiekte, weil sie so erschrak, aber es war mir egal.

„Darum also geht es dir! Du willst nur den Schatz! Das ist so was von fies von dir!", brüllte ich, riss ihr die Karte aus der Hand und spürte, wie mir vor lauter Zorn und Enttäuschung die Tränen in die Augen schossen. „Das ist meine Karte! Von meinem Haus!"

Erschöpft setzte ich mich auf einen umgefallenen Baumstamm und wischte mir die Tränen aus den Augen. Ich wollte nicht weinen, nicht vor der blöden Kuh, aber ich konnte nichts dagegen machen und Tukan über mir

nickte mit dem Kopf und quäkte in den Urwald, als hätte er jedes Wort verstanden. „KRÄÄK."

„Du hast wohl gedacht, du kannst den Schatz ganz allein finden", sagte ich mit verschnupfter Stimme.

Salome stand auf, ihr Kleid sah schon ziemlich schmutzig aus und auf einer Seite hingen ein paar abgerissene Spitzen herunter. Sie kaute an ihren Fingernägeln. „So wollte ich das auch nicht", sagte sie.

„Wie, so? Was? Was hast du nicht gewollt?", rief ich und bekam kaum Luft, weil mir so viele Tränen übers Gesicht liefen und in meiner Brust alles bebte. „Du meinst Lügen und Gemeinsein? … Wo hast du die Karte überhaupt gefunden?", fragte ich, obwohl ich es längst wusste.

„Unter deinem Bett", sagte sie leise.

„Und was hast du unter meinem Bett gemacht?", fragte ich schluchzend.

„Am Anfang wollte ich dich nur erschrecken, so wie du mich erschreckt hast … Um dir zu zeigen, was für einen Schock man da kriegt." Sie zupfte an dem rosaroten Stoffgürtel, der zu ihrem Kleid gehörte, und ihre Wangen glänzten.

„Ich bin doch nur einem Lichtflecken gefolgt, weil das Haus mit mir gespielt hat", erklärte ich und wischte mir über die Augen. „Ich konnte nichts dafür. Das Haus hat mich zu dir ins Zimmer geschickt, was weiß denn ich,

warum es das gemacht hat. Es macht halt manchmal Sachen, die ich nicht verstehe. Es ist ja auch schon sehr alt." Ich schluckte. „Und wenn du nicht immer so fies wärst, hätte ich dir schon längst alles erzählt. Und dass du mit Puppen spielst, ist gar nicht schlimm, aber dass du Belinda dafür beschimpfst, ist echt das Allerletzte!" Wütend rollte ich die Schatzkarte zusammen und wischte mir das Gesicht trocken. „Die gehört mir!"

Dann fiel mir etwas ein und ich rollte sie noch einmal auf. Auf dem Plan waren so viele Zimmer eingezeichnet, dass ich ganz genau schauen musste, um alles lesen zu können. Ich entdeckte ein Wort: Geheimgang. Und auf einmal war mir alles klar.

„Du hast von Anfang an gewusst, dass es in dieser alten Küche mit den Spruchbändern einen Geheimgang gibt. Deswegen bist du genau dorthin", sagte ich und griff mir an den Kopf.

Salome nickte.

„Und gebraucht hast du mich nur, weil dir das Haus ohne mich den Geheimgang nie gezeigt hätte."

Salome nickte wieder und ihre blöden blonden Locken hüpften dabei auf und ab.

„Aber ... aber ..." Alles in meinem Kopf drehte sich. „Du bist doch vor deinem Vater davongelaufen?"

„Nicht wirklich", murmelte sie.

„Was jetzt?" Ich verstand gar nichts mehr.

„Meine Eltern würden mich niemals schlagen", sagte Salome kleinlaut und zeigte mir den blauen Fleck am Unterarm. „Den hab ich vom Tennis."

Ich schnappte nach Luft. „Du hast deine Eltern beschuldigt, obwohl sie dir gar nichts tun?"

Sie senkte ihren Kopf, aber ich konnte trotzdem sehen, dass ihr Gesicht rot glühte. „Mein Vater ist fast nie zu Hause, und wenn, dann schlafe ich meistens schon. Er schenkt mir lauter Sachen, die ich nicht haben will. Er stopft mein Zimmer voll und glaubt, dass ich dann glücklich bin." Sie zupfte ein Blatt von einem Baum und machte Mini-Konfetti draus. „Meiner Mama ist so langweilig, dass ihr nichts anderes einfällt, als den ganzen Tag an mir herumzuzupfen. Ich darf nichts allein tun. Ich darf nie machen, was ich will. Ich hab keine Freundin … Mir ist oft so langweilig. Ich will auch mal ein richtiges Abenteuer erleben." Sie sah, dass das Blatt unter ihren Fingernägeln grüne Spuren hinterlassen hatte, und krümelte den Rest wütend auf den Boden.

„Und dann hast du zufällig unter meinem Bett eine Schatzkarte entdeckt und dir gedacht, die klau ich mir mal und dann nehme ich mir den Schatz und … Ach!" Ich war so enttäuscht. Die versuchte doch nur, mich mit ihren verlogenen Geschichten einzuschleimen. Kein Wort glaubte ich der. Im nächsten Moment würde sie mich wieder irgendwie übers Ohr hauen und mich anlügen.

„Zwei Mal wollte ich dir helfen – das erste Mal wollte ich dich vor deinem Vater schützen und das zweite Mal wollte ich dich retten, als du in dem indischen Klo verschwunden bist, weil ich dachte, dass dich jemand entführt hat! Die ganze Nacht bin ich dir hinterhergerannt! Weißt du eigentlich, wie müde ich war?" Zornig stand ich auf, rollte die Schatzkarte zusammen und stapfte durch das Dickicht zurück. „Komm, Tukan! Wir gehen!"

Tukan flatterte munter über meinem Kopf. „KRÄÄK!"

„Sunny!", rief Salome.

„Du kannst mich mal!", brüllte ich und bog Blätter zur Seite, damit ich durchkam. Eine armdicke Schlange wickelte sich vor mir um einen Ast. Mit Gänsehaut schlich ich daran vorbei und geriet beinah mit dem Gesicht in ein Netz, in dem eine tellergroße Spinne auf Beute wartete. Ich machte einen großen Bogen um das Spinnennetz und bekam Angst. Jetzt war es wirklich wie im Dschungel. Ich merkte nicht mehr, dass ich in einem Zimmer war. Plötzlich fielen mir auch all die Tiergeräusche rund um mich herum auf – die Vögel und Affen, die Insekten und Reptilien und was da sonst noch alles kreuchte und fleuchte, krächzte und krähte, kreischte und knurrte. Da knurrte tatsächlich etwas. Tief und bedrohlich.

Piep, piep, Mäuschen

Beklommen drehte ich mich herum. Auf einem Baum saß eine schwarze Katze, eine sehr große schwarze Katze. Ein schwarzer Panther! Er ließ seinen Schwanz baumeln und schaute mich aus großen hellgrünen Augen an. Ich konnte mich nicht mehr bewegen, obwohl meine Knie zitterten. Ich hatte diese Tiere immer so schön gefunden, aber wenn sie direkt vor einem sitzen, versteht man erst, dass sie echt gefährlich sind. Der Panther riss das Maul auf und zeigte mir seine Zähne. Er gähnte und das war für mich ein Zeichen – vielleicht wollte er gar nichts Böses. Mit all meinem Mut schaffte ich es, einen Fuß zu heben und ihn hinter mich zu stellen. Ganz langsam rückwärts. Ein Ast knackte. Der Panther fuhr hoch und sprang lautlos von seinem Ast.

„KRÄÄK", schrie Tukan aufgeregt und ich nahm meine Füße unter die Arme und rannte und rannte und rannte, so schnell, wie ich noch nie in meinem Leben gerannt war. Jeden Moment würde der Panther in mein Genick springen und mir den Kopf abbeißen. Ich schleu-

derte Bambus zur Seite, riss Lianen ab, jagte über Äste
und Wurzeln und beobachtete aus dem Augenwinkel,
wie mir der Panther folgte. Versehentlich kickte ich auch
noch einen Lampenschirm um, der mitten im Urwald
stand. Ich hörte eine Frau von der schönen blauen Do-
nau singen, ihre Stimme wurde lauter und ich rannte an
dem Grammofon vorbei. Dort! Hinter den Urwaldbäu-
men konnte ich die Vorhänge sehen, die zu dem zuge-
wachsenen Fenster gehörten. Das Guckloch war noch da.
Ich stürmte darauf zu, kletterte auf den Fenstersims und
riss so viel Efeu aus, wie ich konnte, damit das Guckloch
größer wurde. Unten kam Flip gerade mit dem Rad um
die Ecke. Monty II und der Waschbär galoppierten hinter
ihm her. Meine Rettung! Hinter mir schnaubte der Panther, aber ich traute mich nicht, mich nach ihm um-
zudrehen.

Ich hielt mich mit einer Hand am Fenster fest und
beugte mich vorsichtig vor, streckte die andere Hand

durch das Efeu-Guckloch und wartete, bis Flip nach einer halben Ewigkeit wieder um die Kurve kam.

„Flip", flüsterte ich, weil ich den Panther nicht noch wilder machen wollte. Aber natürlich hörte mich Flip nicht und fuhr weiter, und wieder musste ich warten, bis er um das Haus herumgefahren war. Vorsichtig wagte ich einen Blick zum schwarzen Panther. Er saß nicht weit von mir entfernt und sah mich an, bereit, jederzeit loszuspringen. Was sollte ich nur machen?

Endlich kam Flip wieder gefahren und ich brüllte nach unten: „FLIP!" Aber er hörte mich immer noch nicht. Der Panther knurrte. Jetzt kam Konrad mit Gummistiefeln und einem Eimer um die Ecke und schüttete etwas Dampfendes in die Brennnesseln.

„KONRAD!", brüllte ich und streckte eine Hand aus dem Guckloch. „HIER BIN ICH! HILFE!" Aber auch Konrad hörte mich nicht. Der Panther schnaubte. Ich wollte meinen Kopf noch weiter aus dem Guckloch strecken, aber dabei fiel ich beinah aus dem Fenster. Und es war doch ziemlich tief. Ich drehte mich um, zog meine Knie ganz nah an mich und starrte bewegungslos in das wunderschöne, aber gefährliche Gesicht des Raubtiers. Es fletschte seine Zähne und schnaubte und alle seine Muskeln waren angespannt. Tukan saß quakend auf dem Vogelkäfig in meiner Nähe und hatte mindestens so viel Angst wie ich.

Auf einmal hörte ich Monty II bellen. Na endlich. Wurde aber auch Zeit.

„Sunny?", rief Flip. Ich winkte ihm durch das Guckloch zu, wahrscheinlich konnte ich ihn besser sehen als er mich. Mit dem Finger zeigte er auf mich und seine Augen waren weit aufgerissen. Oh, war ich froh.

„Konrad!", rief er aufgeregt mit seiner hohen Stimme zur Ecke, um die Konrad gerade verschwunden war. Ich traute mich kaum zu atmen.

„Sunny ist wieder da", quiekte Flip. „Sunny? Hier bin ich. Sunny! Hallo! … Bist du das? Was machst du im Efeu? Wir haben dich gesucht. Wir dachten, das Haus hat dich schon wieder in eine große Stadt geschickt."

Ich hielt es nicht mehr aus, bog den Efeu zur Seite und versuchte durch zusammengebissene Zähne zu rufen: „Da ist ein schwarzer Panther! Der will mich fressen! Hol Hilfe! SCHNELL!" Das Knurren klang jetzt wie ein grollender Donner, nur viel bedrohlicher, weil ein Donner ja nicht beißen kann, der Panther aber schon.

„Ein schwarzer … was?", quiekte Flip und hielt sich seine Hände hinter die Ohren.

„Panther!", zischte ich.

„Ein Panther?", wiederholte Flip. „Ein echter schwarzer Panther? Das ist aber fein." Vor Freude klatschte er in die Hände. „Das muss ich sofort allen erzählen. Wart schnell! Na, die werden sich freuen, wenn sie hören, dass du wie-

der da bist und einen neuen Freund mitbringst." Oh nein, Flip! Das durfte doch jetzt nicht wahr sein!

Flip stieg einfach auf sein Fahrrad, fuhr damit ums Hauseck und war verschwunden. Ich drehte mich zum Panther um. Immer noch beobachtete er mich ganz genau. Sein Gesicht war länglicher als das einer Katze und seine hellen Schnurrhaare zitterten.

Die Bambusstangen hinter dem Panther gerieten auf einmal in Bewegung. Sie wurden auseinandergebogen und heraus kam – Salome! In der Hand hielt sie den silbernen Leuchter mit den brennenden Kerzen. Er sah sehr schwer aus. Sie schlich sich auf Zehenspitzen von hinten an den Panther heran.

„Piep, piep, Mäuschen …", sagte sie mit verschwörerischer Stimme wie eine Zauberin und der Panther drehte sich irritiert zu ihr um. Statt wegzurennen, trat Salome todesmutig auf ihn zu. „…bleib in deinem Häuschen. Frisst du mir mein Butterbrot,

beißt dich toooot!!!

kommt die Katz und beißt dich tot." Bei TOT sprang sie mit dem Kerzenleuchter auf den Panther zu. Der erschrak total, vielleicht vor den Kerzen, vielleicht aber auch vor ihrem rosaroten Kleid und der Schleife in ihrem Haar. Er verschwand so schnell im Urwald, als sei er dem Teufel persönlich begegnet.

„Piep, piep, piep, recht guten Appetit", rief ihm Salome hinterher, dann grinste sie mich an.

Die purpurrote
Salatschüsselblume

„Danke", sagte ich und kletterte zittrig vom Fenstersims. Mut hatte sie, das musste ich ihr lassen.

„Wo gehst du hin?", fragte sie, als ich an ihr vorbeiging.

„Nach Hause", sagte ich.

„Ja und was ist mit dem Schatz?" Wütend trippelte sie hinter mir her.

„Ich brauch keinen Schatz. Ich will zurück zu Papa, Flip, Amir und Konrad." Der Schrecken über den schwarzen Panther saß mir tief in den Knochen. Immer noch sah ich ihn vor mir – diese grünen Augen, das schwarze Gesicht. Ich musste so viel an ihn denken, dass ich nicht auf den Weg achtete. Wo war bloß die verflixte Tür?

Planlos lief ich weiter, geriet immer dichter in den Urwald und wich einer purpurroten Blüte aus, die wie eine sehr große Salatschüssel vor mir aus dem Boden wuchs.

Ich musste schmunzeln, als ich mir Flips Gesicht vorstellte, wenn ich ihm erzählte, dass sich unter dem Efeu

geheime Fenster verbargen, und wie gefährlich das mit dem Panther wirklich gewesen war. Zuerst wird's ihm leidtun, dachte ich, und dann wird er sagen, dass er trotzdem nichts gegen einen schwarzen Panther im Bett hätte, auch wenn er gefährlich sei.

„KRÄÄK!" – „Hilfe!", schrien Tukan und Salome gleichzeitig hinter mir. Ich fuhr herum und musste kurz ein bisschen lachen, weil es zu komisch aussah.

Salome war in die purpurrote Salatschüsselblume getreten. In der Mitte hatte die Blüte statt Blütenstempel eine schlabbernde neongrüne Zunge ausgefahren, die wickelte sich jetzt um Salome herum und schleimte sie von oben bis unten grasgrün ein. Der grüne Sabber tropfte auf sie herunter. Ihre Haare klebten schleimnass an ihrem Kopf und die Schlabberzunge machte sich jetzt über ihre Schleife her.

„Iiigitt! HILFE! Ist das scheußlich! Aufhören! Bitte!

Bitte! Sunny, hilf!", flehte sie, kämpfte mit den Händen, schaffte es aber nicht, der Schleimzunge zu entkommen.

Wie eine große Herrscherin verschränkte ich meine Arme und dachte erst mal gründlich und in aller Ruhe nach. Das konnte nicht schaden. Je länger ich nachdachte, desto lauter kreischte Salome.

„SUNNY! TU DOCH WAS!"

Na gut, ich bin ja nicht so.

„Versprich mir hoch und heilig, dass du mich nie wieder anlügst", sagte ich sehr ruhig und sehr langsam und betrachtete dabei interessiert meine Fingernägel. Ich kam mir ziemlich böse vor, aber es machte mir nichts aus, weil ich fand, dass sie den Schleim verdient hatte.

„Ich versprech's", japste Salome und versuchte sich gegen die grüne Zunge zu wehren, die sich gerade durch ihr Gesicht tastete und versuchte, ihr in die Nasenlöcher zu fahren.

„Du versprichst mir, nie wieder ein böses Wort über irgendjemanden aus meiner Familie zu sagen", sagte ich.

„Alles verspreche ich … Aber tu endlich was!", fiepte sie und bekam kaum Luft.

„Du wirst nie wieder etwas dagegen sagen, wenn Belinda mit Puppen spielt?"

„KRÄÄK", Tukan flatterte aufgeregt über ihrem Kopf.

„SUNNY!", kreischte Salome, und als ich merkte, dass die Salatschüsselblume ihre purpurnen Blüten langsam hochklappte und Salome offenbar einschließen wollte, nahm ich eine heruntergefallene Liane vom Boden auf und warf ihr das andere Ende zu. Sie hielt sich daran fest und ich zog sie mit aller Kraft aus der Blüte, die sie nur ungern losließ. Die Schleimzunge wurde lang und länger, fing an zu quietschen und ließ dann mit einem PLOPP von Salome ab. Die Blüte zog die Schleimzunge schmatzend ein und klappte sich wieder zu einer Salatschüsselform auf.

„Wie ich aussehe!", kreischte Salome vollkommen außer sich und marschierte heulend an mir vorbei. Sie sah wirklich schrecklich aus. Neongrüner Schleim tropfte an ihr herunter. Von dem rosa Kleid war nichts mehr übrig als grüne Fetzen.

„Daran bist du ganz allein schuld, Sunny Valentine!", fauchte sie außer sich vor Zorn. „Du und dein kotzstinkiges Kotzhaus und deine kotzblöde Stinkfamilie!"

Das war zu viel.

„Hat irgendjemand gesagt, dass du dich unter meinem Bett verstecken musst? Hat dir irgendjemand erlaubt, meine Schatzkarte zu stehlen?", schrie ich sie an. „Du drehst immer alles so, wie du's brauchst. Und am Schluss sind die anderen an allem schuld. Alle, nur du nicht. Mit dir ist alles doof. Ich will dich nie wieder sehen!"

Wütend ging ich weg, hielt nach ein paar Metern an und rief ihr noch hinterher: „Und außerdem siehst du aus wie eine widerliche, eklige, kotzgrüne Schleimschnecke!" Dann ließ ich sie allein zurück und hörte nur noch, wie sie heulte und mir hinterherfluchte, und das alles gleichzeitig. Je weiter ich von ihr wegging, umso weniger fluchte sie, umso mehr schluchzte sie.

Ich wollte sie nicht mehr hören und war froh, als ich endlich unter dem Urwaldboden den Parkettboden entdeckte und dem folgte ich. Ich fand den Ohrensessel, die Möbel, die Zimmerdecke und schließlich die Tür.

„KRÄÄK", machte Tukan vorwurfsvoll hinter mir, als ich die Klinke drücken wollte.

Ich seufzte.

„KRÄÄK!", machte er noch einmal.

„Ja, ich weiß", murmelte ich. Das mit der Schleimschnecke hätte ich nicht sagen sollen. Das war gemein von mir. Aber sie hätte mich nicht schon wieder so beschimpfen müssen.

Ob es in diesem Urwald-Zimmer neben schwarzen Panthern und Schleimzungen in Salatschüsselblüten noch viel schlimmere Sachen gab? Riesentaranteln, wütende Gorillas oder Großwildjäger, die mit Gewehren auf Salome schossen?

Und außerdem … na ja, jetzt kann ich's ja sagen … ich war schon auch ziemlich neugierig auf den Schatz. Immerhin war er seit tausend Jahren in einem geheimen Geheimteil von unserem Haus versteckt. Was, wenn Salome den Schatz ohne mich fand? Immerhin hatte sie die Karte stundenlang studiert. Salome hat ein gutes Gedächtnis, auch in der Schule merkt sie sich alles, was sie einmal hört.

Ich dachte an eine Höhle voll glitzernder Edelsteine in allen Farben, bewacht von einem Feuer speienden Drachen. Ich dachte an Münzen, Silbergeschirr, Goldkelche, an Perlen und Diamantketten, die man sich dreimal um den Hals wickeln konnte. Oder der Schatz war ein Wunschring, den man dreimal drehen und sich etwas wünschen konnte. Was würdest du dir wünschen? Ich habe schon einen geheimen Geheimwunsch. Aber den, nein, den kann ich dir echt nicht verraten, den würde ich vielleicht nicht einmal einem Wunschring verraten. Niemand auf der ganzen Welt kennt meinen geheimen Wunsch.

„KRÄÄK", machte Tukan noch einmal.

Salome würde sich bestimmt noch mehr rosarote Kleider wünschen oder dass unser Haus und wir mit ihm für immer verschwanden. Das konnte ich doch nicht zulassen, oder? Seufzend ließ ich die Türklinke los. „Tukan, bring mich zu ihr."

Von der Feuerwehr, die umsonst kam

Salome saß auf einer Felsenplatte neben einem Wasserfall. Sie war nass von oben bis unten, trug nur Unterhose und Unterhemd und zitterte am ganzen Körper. Neben ihr lag das zerrissene Kleid zum Trocknen ausgelegt und schimmerte immer noch grün. Ihre blonden Locken hingen wie Schnittlauch in Strähnen neben ihrem Gesicht herunter. Sie weinte still vor sich hin und strich unentwegt über einen Papierfetzen, der vor ihr lag. Die Schatzkarte hatte ich ja inzwischen. Was also war das für ein Zettel? Hatte sie etwa ein Stück von der Schatzkarte abgerissen? Empört rollte ich meine Schatzkarte aus. Es fehlte kein Stück. Also musste das etwas anderes sein.

Unterhalb der Felsplatte wuchs ein Baum, perfekt zum Klettern. Wie Leitern standen die Äste ab. Ich bedeutete Tukan, leise zu sein, und kletterte daran hoch. Auf dem Bauch liegend robbte ich auf einem Ast genau über den Felsen, auf dem sie saß und den Zettelfetzen glatt strich. Endlich konnte ich lesen, was darauf stand:

Salome, die blöde Zickenprinzessin (Nicht egal!!! Auf gar keinen Fall einladen!!!) (NULL Personen)

Heiliger Himmel! Das war ein abgerissenes Papierstück von der Einladungsliste für die Geburtstagsparty, die ich geschrieben hatte. Die musste sie auch unter meinem Bett gefunden haben. Mit einem Mal wurde es in meinem Bauch ganz heiß. Die Hitze kroch aufwärts durch meine Brust und dann durch meinen Hals bis über beide Ohren und auf die Stirn. Ich verlor das Gleichgewicht, rutschte vom Ast und landete plumpsend neben Salome. Falls sie erschrocken war, sagte sie nichts. Sie schaute mich auch nicht richtig an. Trotzdem sah ich, dass ihre Augen rot waren vom vielen Weinen.

„Wegen dieser Einladungsliste ... Das war nur wegen Flip, wegen dem Frühstück in der Schule, weil ich so wütend war, also ...", stammelte ich.

„Du brauchst nicht mit mir zu reden, wenn es dich zu sehr aufregt", sagte sie wieder mit ihrer vornehmen Prinzessinnen-Stimme und faltete mit spitzen Fingern den Zettelfetzen zusammen. „Ich weiß, dass mich niemand mag, und es ist mir ganz egal!"

„Aber ..." Ich musste schlucken. „Weißt du, dass Flip mitten in der Nacht aufgestanden ist, um das Frühstück zu machen? Er hat sich so gefreut ... Du hast alles kaputt gemacht."

„Ich weiß", sagte sie und dann fiel ihr für einen Mo-

ment das vornehme Prinzessinnengesicht aus dem Gesicht, als hätte sie eine Maske fallen lassen.

„Es war nicht absichtlich“, sagte sie leise und schwups,
hatte sie die Maske schon wieder auf.

„Wie meinst du das, es war nicht absichtlich?“

„Ach.“ Sie winkte ab. „Du willst meine Geschichte bestimmt nicht hören! Für dich bin ich doch nichts anderes
als eine Nullperson, eine Schleimschnecke“, sagte sie total
beleidigt. Oh, beinah schaffte sie es schon wieder, mich
wütend zu machen.

„Jetzt erzähl’s halt. Lass dir nicht alles aus der Nase ziehen.“

„Ich weiß nicht.“ Sie drehte sich ein Stück von ihrem
Unterhemd um den Finger und zierte sich.

„Salome! Bitte!“

„Du darfst es aber nicht weitererzählen“, sagte sie.

„Mach ich nicht.“

„SCHWÖRE!“

„Ich schwöre! Ich erzähl’s niemandem. Ehrlich“, sagte
ich.

„Aber …“

„Salome!“ Die machte mich noch ganz verrückt. Aber
dann endlich brachte sie doch den Mund auf.

„Also das war so. Helene hat mich auch eingeteilt für
das Frühstück. Wann, das wusste ich nicht mehr. Ich
wäre eine Woche später dran gewesen. Ich hab’s ver-

sehentlich falsch in mein Merkheft geschrieben. Aber das hab ich erst gemerkt, als es zu
spät war."

Genauso wie Flip hatte sich Salome auch
darauf gefreut, das Frühstück allein zu machen. Sie wollte Muffins backen, obwohl sie das
noch nie zuvor gemacht hatte. Aber das durfte
ihre Mutter auf keinen Fall erfahren. Niemals
hätte sie das erlaubt. Salome darf nie allein in
die Küche. In der Salome-Küche ist eigentlich
nur Elfriede, das ist die Frau, die in der Sa-
lome-Villa kocht und putzt und bügelt.

Aber weil Salome nicht wusste, wie das
mit den Muffins ging, weihte sie Elfriede
in ihren geheimen Plan ein. Anfangs war
Elfriede dagegen. Sie wollte die Muffins zu
Hause backen und mitbringen, aber dann
erzählte ihr Salome, dass sie auch
mal was ganz alleine machen
wollte. Elfriede verstand das.
Sie brachte Salome ein Rezept
von der Oma mit und die ganzen Backsachen – Mehl und
Zucker und Smarties für
obendrauf und so. Salo-
me gab Elfriede ihr gan-

zes Taschengeld. Elfriede wollte das zuerst nicht anneh-
men, aber Salome bestand drauf.

Und dann stellte sie den Wecker auf vier Uhr, aber den
hatte sie gar nicht gebraucht, weil sie so aufgeregt war,
dass sie die ganze Nacht kein Auge zugebracht hatte.

Als es so weit war, schlich sich Salome in die Küche.
Das muss unheimlich gewesen sein, so allein und geheim
in der Nacht. Alles ging fast gut, aber weil Elfriedes Oma
das Rezept von Hand mit einer ziemlichen Sauklaue geschrieben hatte, konnte Salome die Temperatur vom
Backrohr nicht richtig lesen und stellte es viel zu heiß ein.

Nach einer Stunde dachte sich Salome schon, dass es
angebrannt roch, aber die angegebene Zeit war noch
nicht um. Sie traute sich nicht, das Backrohr aufzuma-
chen und hineinzuschauen, weil sie dachte, dass dann
etwas kaputtgeht. Als sie das erzählte, wirkte Salome ganz
verlegen.

„Es war echt bescheuert, aber ich wartete so lange, bis
der Alarm losging, nicht nur in unserem Haus, sondern
gleichzeitig auch noch bei der Feuerwehr ... Ich wusste
nicht, wie man den Alarm abstellt ... Es war grässlich
laut, das tat richtig in den Ohren weh ... Und aus dem
Backofen kam schwarzer Rauch ... Und aus dem Schlaf-
zimmer kamen meine Eltern. Und durch das Tor kam
die Feuerwehr gefahren. Kannst du dir vorstellen, was
dann los war?“

Ich nickte und mir fiel ein, dass ich das Feuerwehrauto gehört hatte, als ich in den Garten geschlichen war, um den Einbrecher zu finden, der dann aber nur Flip gewesen war.

„Ich glaube nicht, dass du dir vorstellen kannst, was da los war", sagte Salome. „Die Küche war voller Feuerwehrmänner, die nur blöd in den Backofen geglotzt haben und sich überlegten, ob man die verkohlten Muffins noch essen konnte. Mein Vater rastete fast aus. Er kämpfte sich durch den Qualm, verbrannte sich am Backblech die Finger und schrie meine Mutter an, weil sie *ihre Tochter*, also mich, nicht ordentlich erziehen kann. Und die ganze Zeit heulte die Alarmanlage und keiner wusste, wie man sie abstellt, bis ein Feuerwehrmann mit einem Hammer auf einen Kasten schlug, worüber sich mein Vater wahnsinnig aufregte. Aber wenigstens ging der Alarm aus." Salome seufzte. „Zum Abschluss hat er jedem Feuerwehrmann einen Geldschein zugesteckt und sie mussten ihm versprechen, niemandem von diesem *peinlichen* Vorfall zu erzählen. Dann zogen die Feuerwehrleute ab. Mein Papa ging wieder ins Bett und meine Mama schimpfte mit mir. Ich musste ihr erzählen, wofür die Muffins gedacht waren. Natürlich wollte sie nicht,

dass ich ohne ein Frühstück in der Schule aufkreuze. *Wie sieht das denn aus?*" Salome konnte ihre Mutter ziemlich gut nachmachen.

„Sie wollte auch nicht, dass ich ein normales Frühstück in die Schule bringe. Es musste schon etwas Besonderes sein und so rief sie in aller Herrgottsfrühe bei den Eltern von Rosine an."

Rosine ist die, die mit uns in die Klasse geht, weißt du noch? Ihre Eltern haben eine Bäckerei.

„Meine Mama hat die ganze Bäckerei verrückt gemacht, weil sie so viele Sonderwünsche hatte. Ich habe neben ihr gestanden, während sie telefoniert hat, und hab sie am Morgenmantel gezogen. Ich wollte ihr sagen, dass ich gar nicht möchte, dass sie so viele besondere Sachen bestellt, weil ich ja weiß, dass mich in der Schule dann wieder alle für eine verwöhnte Zicke halten. Aber meine Mama hörte nicht auf mich. Meine Mama hört nie auf mich. Sie war stinksauer auf die Feuerwehr und die Teigsauerei in der Küche und die verbrannten Muffins, die wie Kohlestücke in der Spüle lagen, aufgeweicht und stinkig. Im Auto dann schimpfte meine Mama noch einmal mit mir und ich musste ihr hoch und heilig versprechen, niemandem etwas von der Feuerwehr zu erzählen. Weil, *wie stehen wir dann da?*" Salome zuckte mit den Achseln und redete sehr, sehr leise weiter. „Und dann kommen wir in die Schule und ich sehe das Frühstück von Flip … Und da wusste ich nicht, was ich tun soll. Wenn meine Mama dahintergekommen wäre, dass ich mich mit dem Termin vertan hatte und das ganze Theater umsonst gewesen war, ich weiß nicht, was passiert wäre …" Gedankenlos zerriss sie den Papierfetzen der Einladungsliste.

Ich musste schlucken und wusste nicht, was ich sagen sollte. Wenn mein Papa mich in der Nacht in der Küche erwischt hätte, hätte er sich gefreut über meine Idee, Muffins zu backen. Wenn es schiefgegangen wäre, hätte sich vor allem Konrad über den Besuch der Feuerwehrleute gefreut. Er hätte ihnen Schnaps, Rum und Zigarillos angeboten. Amir und Flip wären auch noch in die Küche gekommen und hätten die Uniformen der Feuerwehrmänner und den Wagen mit der Feuerwehrleiter bestaunt. Zusammen hätten wir mehr Muffins oder Pfannkuchen gebacken und in unserer Küche hätte es ein großes Fest gegeben. Wahrscheinlich hätten wir alles selbst aufgegessen, aber sonst wäre nichts schiefgegangen.

Eine Weile lang saßen wir uns gegenüber und trauten uns nicht so richtig, uns in die Augen zu schauen.

„KRÄÄK", machte Tukan.

„Hast du immer noch Lust, den Schatz zu suchen?", fragte ich.

Salome schaute mich vorsichtig an und schien zu

überlegen. Dann nickte sie zaghaft. Ich stand auf und reichte ihr die Hand. Sie nahm sie und zog sich daran hoch und dann standen wir uns gegenüber und dann grinsten wir uns an und dann zeigte sie verlegen auf ihre Unterwäsche und da lachten wir mehr.

„Schau mal", rief sie und schaute zum Wasserfall. Dahinter war ein Pfeil auf einen Felsen gemalt, auf dem stand: ZUM SCHATZ!

Die Maske der Prinzessin

Ich überlegte, ob ich Salome etwas von meinen Kleidern abgeben konnte, aber ich trug selber nur mein Nachthemd.

„Macht nichts", sagte Salome und schlüpfte mit angeekeltem Gesicht in ihr nasses Kleid.

„Schlimm?", fragte sie und schaute an sich herunter.

„Gar nicht", sagte ich.

„Du lügst", sagte sie.

„Na gut", gab ich zu, „es schaut schrecklich aus. Aber du hast doch noch viel, viel mehr Kleider daheim, oder nicht?"

„Das war mein Lieblingskleid", sagte Salome und zog das nasse Ding trotzdem wieder aus.

„Aber …" Ich wollte sagen, dass die doch alle rosarot sind und so ähnlich aussehen, aber das tat ich dann doch nicht, weil ich spürte, dass Salome wirklich ein bisschen traurig war.

„Ich habe schon viele Kleider, aber das hier mochte ich besonders … Hast du kein Lieblingskleid?"

„Eine Lieblings-Kurze-Hose hab ich. Und Lieblings-sandalen, aber die sind bald zu klein", sagte ich.

„Es ist wirklich ein Elend, dass wir so schnell wachsen", sagte sie empört und ich musste lachen, weil sie wie Konrad redete.

Wir näherten uns dem Wasserfall, der uns ins Gesicht spritzte und unter uns in einen kleinen See fiel.

„Was machen wir mit der Schatzkarte?", fragte Salome. „Sie wird nass."

„Hm." Ich rollte sie eng zusammen und überlegte, ob ich sie mir unters Nachthemd stecken sollte.

„KRÄÄK", machte Tukan, kam zu mir geflogen, schnappte mit seinem großen Schnabel die Schatzkarte und flog in einem Bogen um den Wasserfall auf die andere Seite.

„Hurra!!!", riefen wir.

Und dann trauten wir uns.

Hintereinander trippelten wir in Minischritten unter dem Wasserfall durch. Wir zogen die Bäuche ein und pressten uns fest an den Felsen. Funkelnd schoss das Wasser über uns hinweg. Unsere Stimmen dröhnten wie in einer Höhle. Salome blieb stehen und schaute zu mir herüber. Sie wirkte ganz anders als vorher, gar nicht mehr so zickig und hysterisch, sondern irgendwie … ganz normal, ohne Prinzessinnen-Maske. Ganz kurz stellte ich mir vor, wir wären befreun… Ich traute mich das ganze Wort nicht einmal zu denken, weil ich Angst hatte, dass alles wieder zerbrechen könnte.

Und auf einmal, ich weiß auch nicht warum, stellte ich mir vor, dass alles gar nicht wahr war, dass Salome die Geschichte mit den Muffins wieder nur erfunden hatte, weil sie genau wusste, dass sie sich damit bei mir einschleimen konnte. Und weil sie nur den Schatz wollte.

„Ist das nicht schön hier?", rief Salome und schaute mich erwartungsvoll an. Ich war so in Gedanken versunken, dass ich ihre Frage gar nicht richtig verstand. Verwundert sah sie mich an. „Der Wasserfall! Findest du den nicht schön?"

„Klar, ja … total schön", rief ich laut zurück und lachte, aber ich spielte das Lachen nur, weil ich immer daran denken musste, dass sie mich angelogen hatte, wegen dem Schatz.

„Was ist?", fragte sie.

„Nichts. Lass uns weitergehen."

Vor uns fiel die Wasserwand hinab und wir erreichten die andere Seite, wo der Tukan schon mit der Schatzkarte im Schnabel wartete.

Salome nahm sie ihm aus dem Schnabel, rollte sie auf und gemeinsam lasen wir noch einmal den Spruch am Rand:

„Reise um die ganze Welt,
bleib nirgends lang, wo's dir gefällt,
dann wirst du finden einen großen Schatz,
der hat an jedem Ort seinen Platz.
Frag nicht Löwe und Känguru,
die wissen nicht sehr viel dazu,
meide nur den Bambuswald,
dort verlierst du den Verstand ganz bald,
kommst du am Ende dann ans Ziel,
triffst du sicher kein Krokodil,
sondern etwas für dein großes Herz
ich lüge nicht, das ist kein Scherz."

„Da steht, dass wir um die ganze Welt reisen sollen",
fasste Salome zusammen und drehte die Schatzkarte
hin und her. „Schau mal hier auf der Karte. Wir waren
schon in Indien und in Ägypten. Durch viele Zimmer
sind wir durchgegangen, andere haben wir zumindest
auf der Karte gesehen – den Zuckerhut, den Eiffelturm,
den Schiefen Turm von Pisa und an Afrika sind wir auch
schon vorbei. Hier auf der Karte steht URWALD, ANT-
ARKTIS, WÜSTE, SÜDSEE. Auf der Seite sind wir reingekommen. Da siehst du das Grammofon und die Lam-
penschirme. Für mich sieht das aus, als müssten wir noch
durch die Antarktis, die Wüste und die Südsee … hm."
Sie flog mit ihren Fingern über die Karte und ich musste

zugeben, dass sie sich ziemlich gut damit auskannte. Ich hätte nicht einmal gewusst, wo oben und unten war.

„Wir gehen … hmm …" Salome schaute sich um und dann sahen wir gleichzeitig den Holzpfeil, der an einem Baum hing und in eine Richtung zeigte. „Da lang!", riefen wir, und weil wir es total gleichzeitig riefen, mussten wir lachen.

Der große Fehler

Hintereinander trampelten wir einen Pfad durch den Urwald. Salome hielt die Schatzkarte vor sich und wusste ganz genau, wann wir nach links und wann wir nach rechts abbiegen mussten, außerdem gab es immer mal wieder Hinweisschilder, auf denen groß „ZUM SCHATZ" stand. Während wir gingen, hörte Salome gar nicht mehr auf zu reden. Sie erzählte mir tausend Sachen, wie schlimm es gewesen sei in der Schule, weil es außer uns beiden niemanden in unserem Alter gab. Nur Le, Lu, Lau und Belinda.

„Belinda ist schon in Ordnung", sagte Salome, „aber du weißt ja, Belinda ist ein bisschen, na ja, Belinda halt. Ich hab mir oft gewünscht, so alt zu sein wie Rosine oder die Kichererbsen."

„Du sagst auch Kichererbsen zu denen?", fragte ich erstaunt. Und dann

redeten wir über die anderen Kinder und unsere Minischule und Salome sagte, dass sie am liebsten in eine Schule gehen würde, die mindestens so groß ist, dass jedes Kind eine beste Freundin oder einen besten Freund abkriegt.

„Findest du nicht, dass das schön wäre?", fragte sie.

Ich nickte.

„Sind wir denn jetzt Freundinnen?"

„Klar", sagte ich und kam mir ganz fies vor, weil ich es nicht wirklich dachte.

Aber sie freute sich und redete noch mehr. Sie redete über ihre Eltern und das Geigespielen, das sie nicht mochte, und dass sie jedem Besuch, also den Geschäftsleuten von ihrem Vater und ihren Großeltern, immer etwas vorspielen musste. Salome redete und redete und ich hätte ihr gern auch ein paar Sachen von mir erzählt, aber ich traute mich nicht, weil ich mir immer noch nicht sicher war, ob sie nur wegen dem Schatz auf einmal so nett war.

Sie kletterte über einen umgefallen Baumstamm und ich kletterte hinter ihr her. Wir liefen weiter, bis sich der Pfad plötzlich teilte – ein Pfad führte links um einen Bambuswald und einer führte rechtsherum. Mir fiel auf, dass ich schon länger keinen Wegweiser mehr gesehen hatte.

„Was machen wir denn jetzt?", fragte sie.

„Ich geh links. Du gehst rechts", sagte ich. „Ist doch logisch."

Verwirrt sah sie mich an. „Sollten wir nicht zusammen gehen? Ich … ich dachte, Freundinnen halten immer zusammen, in guten und in schlechten Zeiten. Egal, was passiert?"

„Schon … aber stell dir mal vor, da ist eine Falle … wenn dir was passiert, kann ich dich retten, und wenn mir was passiert, rettest du mich. Wenn wir zusammen gehen, fallen wir womöglich zusammen in eine Falle und dann kann uns niemand retten."

Salome schaute mich an und wirkte ein bisschen traurig.

„Na gut", murmelte sie und blinzelte, weil ihre Augen feucht wurden. „Du magst mich immer noch nicht." Sie schluckte und fing an zu weinen, echte Tränen diesmal, keine Prinzessinnentränen. Sie gab mir die Schatzkarte, drehte sich von mir weg und ging nach rechts.

„Pass auf dich auf, Sunny … viel Glück mit dem

Schatz", brabbelte sie vor sich hin und verschwand zwischen den Bambusstangen.

„Ja aber …" Jetzt war ich auch verwirrt und wusste nicht mehr, was ich denken und fühlen sollte. Der Schatz! Dieser verdammte Schatz! Der machte doch alles kaputt. Der hatte meine Gedanken verwirrt. Ohne Karte würde Salome den Schatz wahrscheinlich nicht finden und die hatte sie mir freiwillig gegeben. Ging es ihr also doch nicht um den Schatz? Hatte sie mir etwa die Wahrheit erzählt? Oh, ich blöde, blöde, verdammt blöde Kuh! Warum hatte ich ihr nicht vertraut? Kennst du das Gefühl, wenn man weiß, dass man einen großen Fehler gemacht hat? Man schämt sich und man würde am liebsten die Zeit zurückdrehen. Aber das konnte ich nicht.

„SALOME!", rief ich und rannte ihr hinterher in den Bambuswald. Aber, oh Schreck, nach wenigen Metern

teilte sich der Weg noch einmal, und dann noch einmal, und wieder. Bambus wohin ich blickte. „Meide nur den Bambuswald, dort verlierst du den Verstand ganz bald", dröhnte es durch meinen Kopf. Das hatte nämlich auf der Schatzkarte gestanden. Oh wie unvorsichtig wir gewesen waren! Ich bekam Panik. Kein Schild wies mir mehr den Weg. Links und rechts von mir wuchsen Bambusstangen wie sehr hohe Mauern. Ganz dunkel war mein schmaler Weg. Ich fühlte mich eingesperrt und wollte Salome sofort von unserem Irrtum erzählen.

„Salome!" Ich rannte schnell, irrte nach links und nach rechts, lief im Kreis und hatte die Orientierung schon längst verloren. Das letzte Mal hatte ich so etwas erlebt, als wir noch in der Stadt gelebt hatten und auf einem Rummelplatz in einem Spiegelkabinett waren. Es war so schrecklich gewesen, dass mich mein Papa herausholen und einen halben Tag lang trösten musste. Zum Glück war ich jetzt schon größer, aber kein Pfeil sagte mir mehr, wohin es ging. Alles sah genau gleich aus und ich wusste, dass ich bald den Verstand verlieren würde. Ich rief Salome. Ich brüllte, dass es mir leidtat, weil ich ihr die Geschichte mit den Muffins nicht geglaubt hatte. Ich wollte ihr sagen, dass wir Freundinnen waren, beste Freundinnen. Aber Salome war nirgends. Nur Bambusstangen, so dick wie mein Unterarm, Tausende Bambusstangen.

„Tukan! Wo ist sie?" Aber Tukan schwirrte nur um

mich herum und wirkte so ratlos wie ich. Und auf einmal, ich weiß nicht woher, stand ich vor einer weißen Tür, auf der ein Pinguin abgebildet war. Beinah wäre ich in sie hineingeknallt, weil sie so unmittelbar aufgetaucht war.

Statt Bambus war da eine weiße Wand mit vielen Haken. Daran hingen grellbunte Ski-Anzüge, Wintermäntel, Jacken aus Pelz und Daunen, etwas, das aussah wie ein Raumanzug, alle möglichen Mützen, Helme, Kappen, mit Bommel und ohne Bommel. Und am Boden standen Skischuhe, Moonboots, Schneeschuhe und Winterstiefel. Ich drückte die Klinke und spähte in das nächste Zimmer – eiskalter Wind riss mir die Luft unter der Nase weg und Schneeflocken wirbelten mir ins Gesicht. Schnell warf ich die Tür wieder zu. Die Antarktis!

Ich zog mir einen Pelzmantel an, der viel zu groß war, und fragte mich, ob Salome auch hier vorbeigekommen war und einen Mantel genommen hatte. Sie trug nur Unterwäsche und ich wollte nicht, dass sie frieren musste.

„KRÄÄK", machte Tukan jämmerlich, der auf einem Haken saß und dem es nicht zu gefallen schien, dass ich vorhatte, ins Antarktis-Zimmer zu gehen.

„Du kommst doch mit mir?", fragte ich ein wenig ängstlich. Tukan legte den Kopf schief.

„Bitte! Du musst mitkommen! Im anderen Teil vom Haus ist es ganz schön. Flip wird sich freuen und die anderen auch."

„KRÄÄK."

Dass Tukan keine Lust auf die Antarktis hatte, verstand ich. Aber dann hatte ich eine gute Idee. Ich nahm eine Pelzmütze vom Haken, drehte sie um und hielt sie Tukan entgegen. Mit einem kleinlauten „KRÄÄK" schlüpfte er in das Pelzmützennest. Von seinem großen Schnabel war nur noch ein kleines Stück zu sehen. Ich stieg in kolossale Stiefel und trat ein. So musste es sich in einem Kühl-

schrank anfühlen. Eisiger Wind pfiff mir um die Nase und es schneite dicht. Ich stapfte durch den Schnee und hielt nach Fußspuren Ausschau, aber da waren keine.

„Salome!", rief ich und lauschte, aber ich hörte nur den Wind pfeifen. Zuerst sah alles aus wie eine riesige Eiswüste mit Zimmerdecke, die Fenster waren weit weg, Eisblumen blühten darauf. Aus dem Schnee ragten Kochlöffel und Schneebesen. Von einer Lampe baumelten Eiszapfen und an einer Wand hingen Bilder von Eisbären. Ich stapfte weiter und kam an einem Fernseher vorbei, der eine Schneehaube trug, ein Film lief gerade, in dem Kinder Schlitten fuhren. Bei jedem Schritt sank ich tief ein. Ich hätte die Schneeschuhe anziehen sollen. Immer wieder hauchte ich Tukan an, der in seinem Pelznest vor sich hin zitterte. Ich kam an einem Schneemann mit Karottennase und Kochtopfhut vorbei und im Schnee steckten Skier. Es war anstrengend, durch den Schnee zu stapfen, wie Nadeln stachen mich die Schneeflocken ins Gesicht und ich war ziemlich froh, als ich wieder eine Tür fand.

Meine Nase durch den Spalt zu stecken reichte, um zu wissen, dass danach die Wüste kam. Tukan strampelte sich aus dem Pelznest und konnte es kaum erwarten, ins Warme zu fliegen. Ich bekam die Tür kaum auf – auf der einen Seite waren Schneehügel, auf der anderen Sandhügel. Aber schließlich schaffte ich es doch.

Sofort wurde mir total heiß. Ich zog Pelzmantel und Stiefel aus, ließ beides fallen und sah, dass da schon ein Ski-Anorak und Winterschuhe lagen. Ob Salome sie ausgezogen hatte? Oder jemand anderes? Ob sie auch hier war? Die Wüste war groß. Ich konnte die Wand am anderen Ende kaum sehen. Und Salome sah ich auch nicht. Trotzdem ging ich mal los. Schon nach wenigen Metern sehnte ich mich zurück nach dem Schnee. Himmel, ich hätte mir wenigstens einen Eiszapfen abbrechen sollen, um daran zu lutschen. Barfuß schleppte ich mich über heißen Wüstensand und sah alle paar Meter eigenartige Sachen aus dem Sand herausragen: einen Uhrenkasten, einen Kühlschrank, einen Haartrockner.

„KRÄÄÄÄÄK!", schrie Tukan, um mich zu warnen – gerade noch konnte ich einem Skorpion ausweichen, der bewegungslos in der Sonne saß.

Schnell weiter. Eine Wüstenmaus sprang vor mir davon und verschwand in einem silbernen Rohr, das aus dem Sand ragte. Es war der Ausguss einer Teekanne. Ich zog sie aus dem Sand und hoffte, dass vielleicht Wasser drin war, aber es war nur Sand drin und die Wüstenmaus.

„Haus", keuchte ich und wischte mir Schweiß von der Stirn. „Hilf mir."

Da gab das Haus endlich wieder ein Zeichen von sich. Buchstaben erschienen im Sand: „ES TUT UNS ALLES

KLEID. ABER WIR HABEN DICH GETARNT. DIES IST DER GEHEIME GEHEIMTEIL UNSERER GANZEN HERRLICHKEIT! SCHON LANGE WAR NIEMAND MEER HIER. WIR KENNEN UNS SELBER NICHT MEER SO GENAU MAUS."

„Weißt du, wo Salome ist? Kannst du mich zu ihr bringen?" Ein paar Buchstaben erschienen, aber sie rieselten in einen Sandtrichter und ich konnte nicht mehr lesen, was das Haus geschrieben hatte. Tukan flatterte dicht an meiner Seite neben mir her und schien genauso viel Durst zu haben wie ich. Oh großer Himmel, hatte ich Durst. Ich ließ mich auf die Knie fallen und rollte noch einmal die Schatzkarte aus: URWALD, ANTARKTIS, WÜSTE, SÜDSEE las ich. Den Urwald hatte ich hinter mir, die Antarktis auch, jetzt musste ich nur noch die Wüste schaffen, denn in der Südsee war es bestimmt schön. Ich rollte die Karte zusammen und hob meinen Blick.

Die Luft flirrte, weil es so heiß war. Am Horizont sah ich eine Oase mit Palmen schimmern. Aber davon ließ ich mich nicht täuschen. Amir hatte mir erzählt, wie es ist, wenn man eine Fata Morgana sieht. Amir war schon öfter in der Wüste gewesen. Wie meine Mama. Auf einmal wurde ich traurig und alles wurde schwer und am liebsten hätte ich mich einfach hingelegt und wäre nicht mehr weitergegangen: Meine Mama war weg und Salo-

me war weg und alle anderen auch. Ich fühlte mich so allein. Meine Augenlider wurden schwer. Meine Knie wurden weich. Ich fiel. Mir wurde schwarz vor Augen. Dann sah ich meine Mama auf einem Kamel reiten. Sie trug einen Turban. Viele Kamele folgten ihr. Sie kamen auf mich zu. Eine Karawane. Meine Mama winkte mir. Sie lachte und rief mich. „Steh auf, Sunny. Du bist stark. Du darfst nicht aufgeben. Nicht jetzt, wo du schon so weit gekommen bist. Ich habe dich sehr, sehr lieb. Gib nicht auf! Geh weiter! Alles wird gut! Das verspreche ich

dir!" Ich winkte
zurück und wollte ihr
sagen, dass sie zu mir zurückkommen sollte, aber aus meiner Kehle kam keine Stimme. Nur ein
Krächzen.

„KRÄÄK", machte Tukan und legte seinen Schnabel an meine Wange, und da merkte ich, dass ich nur
eingeschlafen war. Ich streichelte sein Gefieder. „Du bist
da. Das ist gut." Und dann hörte ich wieder die Stimme
von meiner Mama in meinem Kopf. Sie hatte gesagt, dass
alles gut wird. Steh auf! Geh weiter! Ich fasste neuen Mut,
stand auf und ging weiter.

Und als ich wirklich nicht mehr konnte, endete die
Wüste und ich stand erneut vor einer Tür.

Der verflixte Wasserhahn

Ich riss die Tür auf und ließ mich keuchend auf einen Boden plumpsen. Es war ein kühler Fliesenboden, der zu einem großen alten Badezimmer gehörte, in dem nichts mehr war außer Fenstern und Fliesen und einem Waschbecken, das einen Sprung hatte und schräg von der Wand hing. Mit Südsee hatte das aber nicht viel zu tun. Der Wasserhahn sah schon ein bisschen verrostet aus und der Spiegel darüber war blind. Ich erholte mich eine Sekunde von der Hitze, dann wollte ich den Wasserhahn aufdrehen, aber er schien wirklich verrostet zu sein und war sehr schwer zu drehen. Ich brauchte alle Kraft und musste meine feuchten Hände an meinem Nachthemd trocken wischen, um nicht abzurutschen. Dann endlich bewegte sich etwas. Laut quietschend ließ sich der Hahn drehen. „Ü-ÄÄÄH!" Das Geräusch erinnerte mich an etwas, aber mir fiel im Moment nicht ein, was es war, weil ich nicht mehr richtig denken konnte, weil ich so durstig war.

Endlich kamen ein paar Tropfen. Gierig hielt ich meine Zunge darunter. Zitronenlimonade! Eiskalt!

„Danke, liebes Haus!"

Ich drehte den Hahn weiter auf und immer wilder sprudelte die Limonade heraus. Ich trank so viel, bis ich nicht mehr konnte. Unterdessen lief das Waschbecken über. Die Limonade tropfte über mein Nachthemd und auf meine Zehen. Bald waren meine Knöchel in der Limonade verschwunden. Ich versuchte, den Hahn zuzudrehen, aber das ging nicht mehr, weil ein dicker Strahl Zitronenlimonade herausschoss wie aus einem Feuerwehrschlauch.

„Du könntest jetzt damit aufhören, Haus! Ich hab genug getrunken", sagte ich.

Auf dem blinden Spiegel erschien eine Schrift wie von einem unsichtbaren Zeigefinger geschrieben. „WIR DREHEN DOCH UNSEREM EIGENEN HAHN NICHT DEN HALS UM, WO KÄMEN WIR DENN DA HIN." Die Limonade lief und lief. Bald stand ich bis zu den Knien im Limonadensee. Mein Nachthemd wurde nass und Tukan flatterte nervös über meinem Kopf. Ich watete zurück zur Tür, aber die brachte ich auch nicht mehr auf, weil die Limonade zu stark dagegendrückte. Viel zu schnell schoss die Limonade aus dem Hahn. Schon stand sie mir bei den Oberschenkeln, bald reichte sie mir bis zum Bauchnabel.

„HAUS! Findest du das lustig?" Während ich anfing zu schwimmen, weil ich mit den Füßen den Boden nicht mehr erreichen konnte, und Mühe hatte, dass die Schatzkarte dabei nicht nass wurde, schielte ich hinüber zum Spiegel. Da stand: „WIR BITTEN UM FERZEIHUNG, DER HAHN BELIEBT UNS NICHT MEER ZU VOLGEN. ER IST BELEIDIGT, WEIL SEIN KOLLEGE AUV UNSEREM HAUPT NICHT MEER KRÄHT. ABER FERZA-

GE NICHT, ALLERLIEBSTE SUNNY. WIR, SEINE HERRLICHKEIT, HABEN VÜR ALLE PROBLEME KEINE LÖSUNG."

Statt den Hahn abzustellen, wurde das Zimmer größer. Die Limonade füllte das Zimmer so schnell, dass sich die Wände immer weiter von mir entfernten, und auf einmal konnte ich mir vorstellen, ich sei in der Südsee. Was kam danach? Der Schatz? Ich wollte gar keinen Schatz mehr finden. Ich wollte mit Salome reden. Wände und Tür konnte ich nur noch in der Ferne sehen. Lange konnte ich nicht mehr stehen. Da schwamm ein Sofa auf mich zu. Ich kletterte drauf und machte es mir bequem. Wie ein Rettungsboot schwamm das Sofa auf dem Limonadensee. Mein Rettungsboot. Weiche Polster lagen sogar drauf und eine Decke. Ich machte es mir gemütlich. Tukan setzte sich neben mich, und weil es so schön schaukelte, schlief ich vor Erschöpfung auf meinem Sofaschiff ein. Mein letzter Gedanke war: „Schade, dass Salome nicht bei mir ist."

Die Flaschenpost

Wie viel Zeit verging, weiß ich nicht. Ich merkte es nur daran, dass ich immer mal wieder Hunger kriegte. Dann flog Tukan los. Er flog über den ganzen See, so lange, bis er nur noch ein Pünktchen war. Ich starrte auf den Fleck und wartete, bis das Pünktchen nach einer Weile wieder auftauchte. Tukan wurde größer, landete auf meinem Sofa und transportierte wundersame Sachen in seinem Schnabel. Tukan brachte Würstchen auf Stricknadeln, sie waren zwar noch nicht gegrillt, aber sie schmeckten trotzdem. Ich musste an Konrad denken. Tukan brachte Gummibärchen, eine Karte von den sieben Weltmeeren und eine selbst gebastelte Piratenflagge. Ich musste an Flip denken. Tukan brachte mir eine Stinkesocke von Amir. Mit der konnte ich nun wirklich nichts anfangen.

Bald wurde mir echt langweilig. Ich lag auf dem Rücken und schaute in den weißen Himmel – ganz weit oben an der Zimmerdecke hing eine Lampe wie eine Sonne. Ich schaute eine Weile hinauf, dann drehte ich mich auf den Bauch und schaute in den See hinunter.

Ein Schwarm blauer Fische zog vorbei, dann kam ein Fisch, der flach war wie eine Flunder, vielleicht war es eine Flunder. Ich sah ein Seepferdchen, einen Gummistiefel und eine Seegurke. Und obwohl mir das schon ganz gut gefiel, wurden mir die Fische auch bald langweilig. Ich musste an Salome denken und daran, dass es besser gewesen wäre, wenn wir zusammen den Weg durch den Bambus-Irrgarten gegangen wären. Salome hatte recht gehabt – Freundinnen hielten zusammen. Immer. Ich war keine Freundin. Ich hatte nicht zu ihr gehalten.

Traurig hielt ich meinen Zeigefinger in den See. Ein gelber Fisch mit blauen Augen knabberte daran. Ob ich Erwin einen Freund mitbringen sollte?

Und dann sah ich weiter weg etwas im Wasser schwimmen. Was es war, konnte ich nicht genau erkennen, aber ich war froh um jede Abwechslung. Also kniete ich mich hin und paddelte mit den Händen. Das war zwar anstrengend, aber langsam kamen wir einander näher – ich zu dem Ding und das Ding zu mir.

„Tukan! Das ist eine Flaschenpost!", rief ich. Lustig tanzte der Korken über die Wasseroberfläche. Immer schneller paddelte ich mit meinen Händen. Dort! Da! Jetzt! Ich bekam die Flasche zu fassen und war total außer Atem und furchtbar aufgeregt. Hoffentlich war sie nicht leer.

Ich hatte Glück. Sie war nicht leer.

Ich nahm den Korken zwischen meine Zähne und zog daran. Es machte zuerst „OINK" und dann „PLOPP" und dann war die Flasche offen. Vorsichtig legte ich den Korken zur Seite und fischte mit spitzen Fingern ein zusammengerolltes Papier aus der Flasche. Mein Herz hüpfte, als ich es auseinanderrollte. Aufgeregt fing ich an zu lesen.

Liebe Sunny!
Wahrscheinlich wird dich diese Flaschenpost nie erreichen und vielleicht ist es auch besser so. Ich sitze in einer Badewanne und schaukle über den Limonadensee. Immer wieder mal kommen Sachen vorbei. Gerade eben schwamm eine Schublade an mir vorbei, darin lagen Spielkarten, eine leere Flasche, Schokoladenkekse, eine Wäscheleine, Schreibsachen und eine Menge Papier, und weil mir so langweilig ist, dachte ich mir, ich erzähle dir, was passiert ist.
Im Bambuswald habe ich mich verlaufen. Es war schrecklich dort. Ich war ja auch ganz schön doof – die Schatzkarte hat uns nämlich vor dem Bambuswald gewarnt, kannst du dich erinnern? Aber ich war so froh gewesen, dass ich auf einmal eine Freundin hatte, und darum habe ich gar nicht mehr auf-

gepasst. Ich habe dich ganz in meiner Nähe rufen gehört. Ich weiß nicht warum, aber ich wollte nicht antworten, vielleicht wollte ich schon, aber ich hab es einfach nicht geschafft. Kurz danach hat es mir leidgetan, aber da warst du schon weg. Manchmal finde ich es echt kompliziert im Leben.

Aber weil du den Brief eh nie bekommen wirst, erzähle ich dir jetzt ein Geheimnis: Seit wir zusammen in die Schule gehen, wünsche ich mir, dass wir Freundinnen sind. Alle mögen dich. Ich habe mir vorgestellt, dass du mich auch magst. Das wäre schön gewesen. Ich habe mir vorgestellt, wie du bei mir übernachtest und ich bei dir und wie wir alles teilen und uns alles erzählen. Aber du hast dich immer nur um die anderen gekümmert und hast mich immer doof gefunden. Und deswegen habe ich dich auch doof gefunden. Ich war böse auf dich und deine Familie. Bei euch sind alle so nett. Ich habe keine Geschwister. Nicht mal einen Hund hab ich. Mama ist allergisch. Das finde ich doof. Und drum stelle ich mir halt manchmal vor, dass meine Puppe meine Schwester ist. Aber das ist auch doof.

Ich glaube, ich mag gar nicht mehr weiterschreiben. Das Papier ist auch zu Ende. Alles ist doof. Ich stecke den Brief jetzt in die Flasche.

Deine Salome Benson

PS: Vielleicht kannst du, obwohl du mich nicht lei-
den kannst, trotzdem jemanden holen, der mich ret-
tet.

Ich las den Brief einmal und noch einmal und immer
wieder, bis ich ihn auswendig konnte, und mir war, als
hätte ich etwas geschluckt, das mich traurig und glücklich zugleich machte und mir auch ein bisschen wehtat.
Und weil ich fast platzte, wollte ich ihr zurückschreiben.
Aber da fiel mir auf, dass ich nichts zu schreiben hatte.
Ich schickte den Tukan nach einem Bleistift, stattdessen
brachte er einen Pinsel von meinem Papa, chinesische
Ess-Stäbchen und eine Zahnbürste. Ich verzweifelte fast
und beschloss, Salome suchen zu gehen, und wenn ich
bis an mein Lebensende paddeln musste.

Aber ich musste gar nicht bis an mein Lebensende
paddeln. Denn kaum hatte ich damit angefangen, sah ich

die schaukelnde Badewanne, in der Salome saß und winkte. Ich winkte auch. Wir winkten beide so fest, dass wir uns fast die Arme auskugelten.

„Ich will deine beste Freundin sein!", brüllte ich.

„Ich auch!", brüllte sie zurück.

Sie holte die Wäscheleine aus der Badewanne, hielt ein Ende fest und warf das andere in meine Richtung, aber leider landete es vor mir im Wasser und ich konnte es nicht erreichen. Und während ich mir überlegte, ins Wasser zu springen, mein Sofaschiff aufzugeben und nach der Wäscheleine zu tauchen, flog Tukan los, fischte die Leine aus dem Wasser und brachte sie mir. Ich zog Salome mitsamt der Badewanne näher. Sie dockte an. Zuerst reichte sie mir die Schublade mit allem, was noch drin war, dann kletterte sie zu mir herüber. Die Badewanne ließen wir los.

Und dann fielen wir uns in die Arme. Wir hielten uns

ganz fest und wir weinten und lachten gleichzeitig. Vor Glück. Es war einfach nur schön.

Wir erzählten uns alles. Wir redeten abwechselnd und ich konnte kaum glauben, dass sie die ganze Zeit in meiner Nähe gewesen war und ich nicht gemerkt hatte, wie sie wirklich war. Salome konnte nämlich nicht nur reden, sie konnte auch zuhören.

Dann spielten wir Karten und aßen ihre Schokoladenkekse und meine Gummibärchen auf.

Und irgendwann, wir waren schon fast heiser vor lauter Reden und Lachen, erzählte ich ihr mein Geheimnis.

„Aber du darfst es niemandem erzählen."

Sie hob drei Finger und schwor auf Leben und Tod. Ich flüsterte es ihr ins Ohr. Und weil es ein Geheimnis ist, darf es nur meine beste Freundin hören. Das verstehst du doch, oder?

Nachdem wir uns alles erzählt hatten, schlief Salome neben mir ein. Ich deckte sie mit einem Kissen zu, holte einen Stapel Papier aus der Schublade und begann, diesen Brief zu schreiben.

Aber unsere Geschichte war noch nicht zu Ende.

Salome wachte auf und hatte Hunger. Tukan brachte ein Marmeladenbrot, das aussah, als hätte Flip es geschmiert, eine Schüssel mit Frühstücksflocken, eine Tasse Kaffee, in der nur noch ein Rest war, und einen alten Bergschuh.

„Den kann man doch nicht essen", sagte Salome kichernd, woraufhin Tukan den Kopf schief legte und mich mit dem Schnabel stupste. Da sah ich, dass Popcorn in dem Schuh war, und es schmeckte richtig lecker.

Und während wir aßen, bis wir nicht mehr konnten, beugte sich Salome über das Sofa und bekam auf einmal eine kleine Denkfalte auf der Stirn. „Da unten! Siehst du das?"

Ich beugte mich zur Seite und spähte ins Wasser. Irgendwas lag auf dem Seegrund. Ein schwarzer Fleck. Genau konnte ich nicht erkennen, was es war.

„Hier, halt das mal", sagte ich, gab Salome den Schuh mit dem Popcorn, hielt meine Nase zu und sprang ins Wasser.

„Was machst du?", hörte ich Salome durch das Wasser hindurch blubbern. Ich sperrte meine Augen auf und tauchte in die Tiefe. So weit war es gar nicht. Der schwarze Fleck war ein Stöpsel. Ich zog daran, aber er ließ sich nicht bewegen. Noch einmal versuchte ich es, aber mir ging die Luft aus und ich musste wieder nach oben.

„Hast du was gefunden?", fragte Salome und ich hielt mich am Sofa fest.

„Einen Stöpsel", sagte ich und schnappte keuchend nach Luft. „Aber er lässt sich nicht bewegen."

„Hat er einen Haken oder eine Öse oder so was?", fragte Salome.

„Ich glaube schon." Atemlos wischte ich mir die Zitronenlimonade aus dem Gesicht.

„Nimm das", sagte Salome und gab mir die Wäscheleine. Ich wusste zuerst nicht genau, was sie damit wollte.

„Festbinden", sagte sie.

„Gute Idee!" Noch einmal tauchte ich unter, band die Leine am Stöpsel fest und tauchte wieder auf. Zusammen nahmen wir die Wäscheleine, um daran zu ziehen.

„Bereit?", fragte Salome.

„Bereit", sagte ich und streckte ihr meine Handfläche entgegen. Salome schlug ein.

„Auf drei", sagte Salome.

„Auf drei", sagte ich. Und dann zählten wir zusammen: „Eins … Zwei … Drei!" Wir zogen an der Wäscheleine. Dabei fing unser Sofa an zu schaukeln und ging beinahe unter, je stärker wir zogen. Alleine hätte es keine von uns geschafft, aber mit vereinten Kräften gab es plötzlich einen Ruck. Wir purzelten übereinander und holten die Wäscheleine ein und am anderen Ende hing der Stöpsel. Im gleichen Moment fing unser Sofa an zu kreiseln und wir schrien und lachten, während die Limonade mitsamt dem blauen Fischschwarm, der Flunder, dem Seepferdchen, dem Gummistiefel und der Seegurke schmatzend, gurgelnd und grunzend in den Ausfluss gesogen wurde.

Langsam setzte unser Sofa auf dem Boden auf, drehte

sich noch ein wenig und blieb schließlich genau über dem Stöpsel stehen. Mit wackeligen Beinen kletterten wir vom Sofa und betraten den Badezimmerboden. Die Schatzkarte, die Flaschenpost, die Briefe und Zettel nahm ich mit.

Tukan flog voraus. Hand in Hand durchquerten wir das Badezimmer, traten durch eine Tür und kamen in einen langen Flur.

An den Wänden brannten Fackeln. Auf dem Boden lag ein königsroter Teppich. Alle Schilder zeigten in eine Richtung auf eine goldene Tür und auf allen Schildern stand: ZUM SCHATZ.

Im Flur war es kühl. Wir froren, weil wir nass waren und aufgeregt. Auf der goldenen Tür waren lauter Menschenfiguren abgebildet, die miteinander tanzten und glücklich aussahen. Zusammen drückten wir die Klinke. Aber die Tür war zugesperrt.

„Oh nein!", sagte Salome. „Was machen wir denn jetzt?"

Ich zuckte mit den Achseln.

„HAUS! Kannst du nicht einfach aufsperren?", fragte ich.

Da fing das Gold an zu leuchten. Buchstaben waren zu erkennen: „ES TUT UNS UNFERTRÄGLICH LEID, ABER DAS TOR ZUM SCHATZ MÜSSEN DIE JUNGEN VRÄULEINS ALLEIN ÖVVNEN."

„Ja, aber wie?" Ich rüttelte an der Tür. Nichts bewegte sich.

„Oft muss man am Schluss einen Spruch oder einen Reim sagen, damit Türen aufgehen", sagte Salome. „So etwas wie: Sesam öffne dich, zum Beispiel."

Ich stellte mich vor die goldene Tür, breitete beide Arme aus und sagte laut und deutlich: „SESAM, ÖFFNE DICH!" Aber nichts passierte und ich dachte nach. „Eigentlich gehört das in eine andere Geschichte, meinst du nicht?"

„Stimmt", sagte Salome.

„Unsere Geschichte braucht wahrscheinlich einen eigenen Spruch", überlegte ich laut. „Aber welchen?"

Salome zuckte mit den Schultern. „Was ist das überhaupt – Sesam?"

„Das ist im Brot drin. Mein Papa streut das manchmal ins Müsli", erklärte ich.

„Hmmm", Salome kratzte sich am Kopf.

„MÜSLI, ÖFFNE DICH!", rief sie und ich lachte mich fast kaputt. „BROT, ÖFFNE DICH!", rief ich.

„PIZZA, ÖFFNE DICH!", rief sie. Wir probierten alles Mögliche aus, aber das war natürlich Quatsch.

„Vielleicht müssen wir reimen", schlug Salome vor und legte gleich los: „Salome und Sunny, zwei Mädchen, gar so lieb … sie sind …. Die wollen zu dem Schatze … lass sie hinein … äh … Wir brauchen was, das sich reimt

auf SIND … gar so lieb sie SIND … Sind, sind, sind." Sie dachte laut nach.

„Wind? Kind?", versuchte ich zu helfen.

„Das ist es!", rief Salome. „Jetzt hab ich's. Hör zu: Salome und Sunny, zwei Mädchen gar so lieb sie SIND. Die wollen zu dem Schatze, lass nur sie hinein bei jedem WIND." Das war schon mal nicht schlecht. Aber weil auch das nichts nützte, probierte ich auch noch was.

„Liebe Türe, mach schnell für uns auf, dreh nur ganz schnell den goldnen Knauf. Salome und ich sind hier, wir wollen rein und sind … äh … kein Tier?"

Salome nickte anerkennend. „Aber vielleicht sollten wir statt Tier was anderes nehmen. Nicht dass der Tukan dann draußen bleiben muss."

Sie hatte recht und ich startete einen neuen Versuch: „Zwei Kinder und ein Tier, die wollen ganz schnell rein zu dir!"

Aber obwohl wir fanden, dass das sehr gut klang, passierte nichts. Die Tür blieb zu.

„Vielleicht ein Abzählreim", sagte Salome. „Eins, zwei, drei, vier, fünf, sechs, sieben, du und ich, wir woll'n hinein, darauf reimt sich doch nur Schwein, das kann nicht sein, wir woll'n hinein, äh … acht und neun und zehn und elf." Sie verdrehte die Augen und dachte scharf nach, aber uns fiel beiden nicht ein, wie es weitergehen konnte.

„Sunny ist hier, öffne die Tür!", rief Salome und ich musste lachen.

Weil wir schon müde waren, setzten wir uns vor die goldene Tür und zerbrachen uns die Köpfe. Aber reimen ist echt anstrengend.

„Das ist sowieso blöd", sagte ich, „weil normalerweise stellen in solchen Geschichten diese Tore immer selbst ein Rätsel, und obwohl die Rätsel oft ganz schwierig sind, erraten es die Leute trotzdem immer. Die Lösung ist dann meistens so was wie ZEIT, WIND, LEBEN oder TOD oder so was. Meistens so komplizierte Sachen, die man nicht anfassen kann."

„Oft steht auch eine Sphinx oder zwei Sphinxen neben so einem Tor", sagte Salome, „denen darf man dann nicht in die Augen schauen, sonst wird man zu Stein. Siehst du irgendwo eine Sphinx?"

Ich schüttelte den Kopf.

„Ach, einen Schlüssel müsste man haben", sagte sie seufzend und schlang sich ihre Arme um den Oberkörper, weil ihr kalt war.

„Einen Schlüssel?", wiederholte ich und in meinem Kopf gingen so viele Lichter an wie bei unserem Weihnachtsbaum am vierundzwanzigsten Dezember.

„KRÄÄK", machte Tukan gelangweilt und putzte sich die Flügel.

Ich musste anfangen zu lachen. Die Vorstellung, dass

158

die Lösung so nahlag, fand ich echt lustig. Salome bekam große Augen, als sie zusah, wie ich den goldenen Schlüssel an dem Lederband unter dem Halsausschnitt meines Nachthemds hervorholte.

„Du hattest den die ganze Zeit bei dir?", rief sie, und als ich nickte, musste sie auch lachen. Dann standen wir auf und steckten den goldenen Schlüssel, den ich in der Schatzkiste gefunden und mir umgehängt hatte, in das Schlüsselloch.

Er passte.

Lichterketten, Girlanden und tausend Luftballons

„Lass uns am besten die Augen zumachen", sagte Salome. „Dann ist es noch spannender. Und dann zählen wir wieder bis drei und machen die Augen gleichzeitig auf."

Ich nickte aufgeregt.

Wir drehten den Schlüssel so oft herum, bis es nicht mehr ging. Dann machten wir die Augen zu und öffneten die Tür. Ich konnte Salomes aufgeregten Atem in meinem Ohr hören. Ihre Hände waren genauso feucht wie meine.

„Sollen wir jetzt?", flüsterte sie.

„Mhm", murmelte ich.

Wir drückten uns an den Händen. „Eins … Zwei … Drei." Dann öffneten wir die Augen.

Und sahen uns.

Also, ich sah nicht nur Salome, sondern ich sah auch mich selbst. Wir standen noch einmal vor uns. Nebeneinander. Salome und ich. In einem Spiegel. Zuerst erschraken wir, weil wir ziemlich zerzaust aussahen nach

all den Abenteuern. Salome trug wei-
terhin nur ihre Unterwäsche, ihr Haar
hing in Strähnen herunter und ihre Fingernägel waren abgebrochen. Mein
Nachthemd war feucht und fle-
ckig, meine Füße waren schwarz
und meine Haare waren zerzaust.

Der Spiegel, in dem wir uns
spiegelten, war groß und der
Rahmen war genauso golden wie
die Tür. Wir verstanden das
nicht. Wo war denn nun der
Schatz? Salome sah links hinter
den Spiegel. Ich sah rechts hinter den Spiegel. Aber hinter dem Spiegel war nichts. Es war ein winziger Raum, in
den nur der Spiegel passte. Wir gingen ein paarmal um
den Spiegel herum, aber außer unserem Spiegelbild fanden wir nichts. Wir sahen uns in echt an. Wir sahen uns
im Spiegel an. Und dann sahen wir, wie wir im Spiegel
nebeneinanderstanden. Wir beide sollten der Schatz
sein? Kein Wunschring? Keine Silberteller, Goldkelche
und Perlen? Kein Drache, der den Schatz bewachte? War
ich enttäuscht?

Nur zuerst. Und nur ein bisschen.

„SIND DIE WERTEN VRÄULEINS ZUVRIEDEN?",

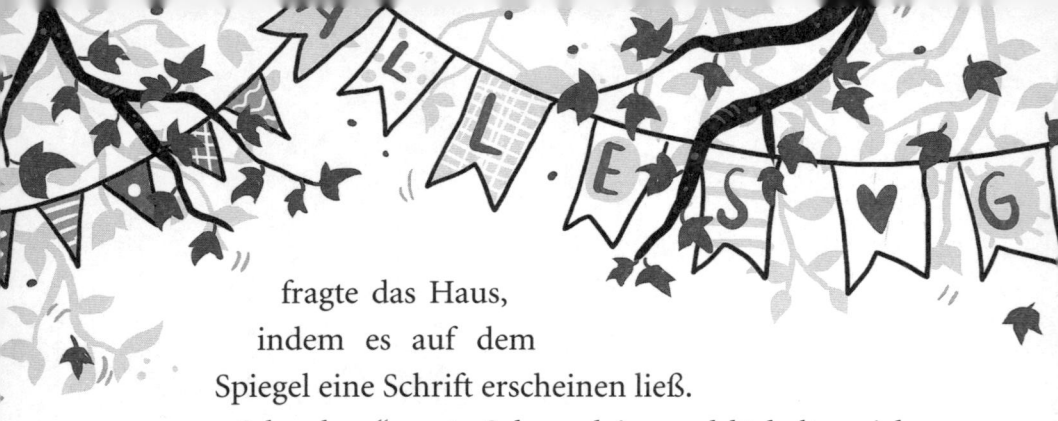

fragte das Haus,
indem es auf dem
Spiegel eine Schrift erscheinen ließ.

„Ich schon", sagte Salome leise und lächelte mich an. Und da merkte ich, dass ich viel lieber Salome mit nach Hause nahm als einen Silberteller.

„Ich auch", sagte ich und lächelte zurück.

In dem Moment sahen wir im Spiegel, dass hinter uns die Tür aufsprang. Wir drehten uns um und die Tür führte direkt in mein Zimmer.

„Wir sind wieder da!", rief ich und wir traten ein. „Komm, Tukan!" Erleichtert stellte ich fest, dass er uns hinterherflatterte.

Alles war wie immer. Erwin schwamm in seinem trüben Wasser, das ich bald einmal wechseln musste – schade, dass ich den gelben Fisch mit den blauen Augen nicht mitgebracht hatte. Dafür entdeckte Erwin Tukan, der sich auf meinen Schreibtisch setzte und mit dem langen Schnabel an das Aquarium pochte.

Draußen ging die Sonne gerade unter. Aus dem Hof klang ausgelassener Lärm, als ob da unten viele Leute

wären, und es roch

nach …

„Da grillt jemand", sagte Salome. Wir traten ans Fenster. Uns blieb die Spucke weg.

In der Eiche hingen Hunderte Luftballons.

„ALLES GUTE ZUM 1000. GEBURTSTAG!", stand auf einer Girlande, die zwischen dem Haus und der Eiche gespannt war und im Wind schaukelte. Lichterketten leuchteten rot, orange und gelb. Auf hübsch gedeckten Tischen brannten Kerzen. An einer großen Grillstation werkelten Konrad und der Frühstücks-Käpten nebeneinander, beide mit Grillzangen in der Hand und Kochmützen auf dem Kopf, und der Briefträger saß mit einer Bierflasche auf einem Campingsitz daneben und gab gut gemeinte Ratschläge. Der schwarze Wagen von Herrn Benson stand immer noch hinter der Eiche im Hof, aber ihn oder Salomes Mutter konnten wir nirgends entdecken. Dafür waren eine Menge andere Leute da.

Wir sahen Paul und seine Mama, die sich Strohhalme in Limonadeflaschen steckten. Le, Lu und Lau hatten sich Würstchen und Kartoffelsalat aufgeladen und leerten gerade eine halbe Flasche Ketchup darüber. Die Ki-

chererbsen hatten sich extra fein gemacht und kicherten Amir hinterher, der sich eine weiße Schürze umgebunden hatte und ein volles Tablett von Tisch zu Tisch jonglierte. Flip wieselte ihm hinterher und half, Teller auf- und abzuladen. Mavin und Rosine hörten auf zu knutschen, als ihre Eltern mit Körben beladen die Einfahrt hereinkamen. Belinda war mit ihrer Familie gekommen. Sie ließ sich von ihrer kleinen Schwester an der Leine führen und bellte Monty II hinterher, der aufgeregt rund um den Grill hüpfte. Mittendrin, ich konnte es kaum glauben, stand Poppy, die Waschfrau aus dem Backinghäm Päläs, und transportierte in jeder Hand mehrere große Bierkrüge. Einen stellte sie vor einen großen Mann mit schwarzer Hautfarbe – das war Kurt Washington, einen zweiten Krug stellte sie vor dessen Chef, der heute keine Uniform trug und in einem karierten Hemd fast normal aussah. Ich kannte sie von einem meiner Ausflüge. Die beiden stießen an und hoben ihre Gläser. Ein paar Leute aus dem Dorf machten Musik mit Handorgel, Gitarre, Geige und Kontrabass, die richtig mitreißend klang. Unsere Lehrerin Helene tanzte auf Rollschuhen mit einem Mann um die Eiche herum. Das musste Brad Pitt sein, aber ich konnte ihn kaum erkennen, weil sie sich dauernd drehten. Und dann waren da noch eine Menge andere Leute aus dem Dorf, die ich nur vom Sehen kannte. Sogar die Bürgermeisterin war da, der Pfar-

rer und die Feuerwehrleute. Alle feierten und lachten und freuten sich. Mein Papa ging von Tisch zu Tisch und sah als Einziger nicht so glücklich aus. Er ließ seine Schultern hängen.

„Da sind sie!", rief Flip plötzlich ganz laut, als er uns entdeckte, und mein Papa fing an zu strahlen.

„Pünktlich wie immer!", rief Konrad. „Applaus für Sunny!"

„Und für Salome!", brüllte ich hinunter.

„Applaus für Sunny und Salome!", rief Konrad noch einmal richtig.

Da spielte die Musik TÄTTÄÄÄ! Alle schauten zu uns herauf und klatschten und jubelten uns zu. Salome neben mir wurde ein wenig rot.

„Die klatschen … wegen uns? Warum denn das?"

„Weil sie sich freuen, dass wir wieder da sind!", sagte ich und lachte. „Komm, wir müssen zum Fest!" Ich wollte sie mitziehen.

„Aber Sunny! Wir können doch nicht in Unterwäsche und Nachthemd zum Fest."

Da hatte sie recht. Ich riss meinen Kleiderschrank auf.

Himmel, Haus!

„Mama! Papa!", quiekte Salome. „Was macht ihr denn hier?"

Unter meinen Kleidern, zwischen Socken und Unterwäsche, kauerten Salomes Eltern und sahen aus, als hät-

ten sie tief und fest geschlafen. Sie hatten Abdrücke im Gesicht und rieben sich die Augen.

„Salome, Kindchen", sagte ihre Mutter verschlafen, streckte gähnend die Arme von sich und stach ihrem Papa dabei fast ins Auge.

„Oh weh, mein Kreuz", knurrte er und bog ächzend seinen Rücken durch. Dann sah er sich um und sah meine Hosen und Kleider. Dann sah sich Salomes Mutter um und sah meine Hosen und Kleider. Dann sahen sie sich gegenseitig an. Dann sahen sie uns an. Und dann wurden sie richtig blass.

„Kannst du mir sagen, was wir hier machen, Sybille?",
flüsterte er beklommen.

„Ich kann mich nur daran erinnern, dass wir Salome
gesucht haben", sagte sie.

„Ich bin hier", sagte Salome und meldete sich wie in
der Schule.

„Kindchen! Wo ist dein Kleid?", fragte ihre Mutter.

„Das hat zuerst ein schwarzer Panther zerrissen, dann
hat es eine purpurrote Salatschüsselblüte eingeschleimt.
Ein Wasserfall hat ihm dann noch den Rest gegeben. Das
war dem Kleid zu viel. Außerdem hätte es den Schnee-
sturm, die Wüste und den See sowieso nicht überlebt.
Was meinst du, Sunny?"

„Auf keinen Fall", sagte ich.

Ihrer Mutter klappte der Kiefer herunter.

„Wenn ihr ganz nett seid und niemanden beleidigt,
dürft ihr jetzt aufs Fest gehen", sagte Salome, hielt inne
und schaute mich fragend an. „Oder, Sunny? Sie dürfen
doch aufs Fest?"

„Klar", sagte ich. „Solange sie niemanden beleidigen
und nett sind zu dir."

Ihre Eltern starrten uns mit weit aufgerissenen Augen
an.

„Sunny kennt ihr ja schon. Von heute an ist sie meine
beste Freundin. Und wenn ihr auch nur ein Wort gegen
sie sagt, ziehe ich sofort aus und verstecke mich hier im

Haus. Und wenn das Haus nicht will, findet ihr mich nie wieder!", verkündete Salome, das Haus ließ die Balken knarren und ihre Eltern nickten wie Marionetten.

Sie kletterten aus dem Schrank, torkelten verwirrt aus meinem Zimmer und wir mussten schallend lachen.

Dann machten wir uns hübsch.

Wir flochten uns gegenseitig die Haare und zogen uns Kleider an. Es war mir ein bisschen peinlich, weil meine Kleider nicht so schön waren wie ihre.

„Ich find sie toll", sagte Salome.

Mein Herz hüpfte voller Freude, als wir Hand in Hand die Treppen hinunter und hinaus in den Hof traten.

Der Reihe nach standen sie auf und begrüßten uns und klopften uns auf die Schultern und fielen uns um den Hals. Ich freute mich so, alle meine Freunde wiederzusehen und sie Salome vorzustellen.

Flip erzählte uns, was passiert war.

Sie hatten uns eine Weile gesucht, aber das Haus hatte ihnen eine Nachricht geschrieben, dass sie sich keine Sorgen zu machen brauchten, es sei alles in Ordnung und wir würden wieder zurückkommen, sobald wir einander gefunden hätten.

Bei der Suche nach uns hatte Flip die fertigen Einladungskarten, meine Liste, das Lebkuchenrezept und die Urkunde in der Schatzkiste unter meinem Bett gefunden und sie verteilt. Sicherheitshalber hatte er noch

allen anderen Leuten im Dorf gesagt, dass sie kommen dürften. „Weil doch unser Haus tausend Jahre alt wird. Das muss man feiern", erzählte Flip. Ein bisschen blöd war, dass Papa, Konrad und Amir nichts davon wussten. Als Flip ihnen gestern mitteilte, dass heute Nachmittag ungefähr hundert Leute zum Geburtstagsfest vom Haus kommen würden, erschraken sie zuerst ein bisschen. Aber Konrad meinte, dass das schon zu schaffen sei. Nur mein Papa wollte nicht feiern.

„Kein Fest ohne Sunny!", hatte er gesagt. Erst als ihm das Haus versichert hatte, dass ich rechtzeitig da sein würde, willigte er ein. Und jetzt lachte mein Papa und stieß mit Salomes Eltern an. „Auf unsere Kinder!", rief er. Salomes Eltern nickten und sagten nichts.

„Die stehen noch unter Schock", sagte Salome. „Das wird schon wieder. Schau mal!"

Sie zeigte auf Rosines Eltern, die mit vollen Körben rundherum gingen und vor jeden Gast einen Lebkuchen legten. „Nach einem tausend Jahre alten Geheimrezept!", verkündete Rosines Mutter laut.

„Flip?" Wo war er?

Ich fand ihn, wie er Monty II unter einem Tisch hervorzerrte, der an den Schuhen vom Chef knabberte, die ihm besser schmeckten als die Würste.

„Ich hab ihnen das Rezept vom Haus gegeben", gestand Flip, nachdem er aufgetaucht war. „Du bist deswegen doch nicht böse? Oder? Sunny?"

Ich biss in den Lebkuchen. „Nein", sagte ich und ließ Salome auch mal abbeißen. „Hast du gewusst, dass Lebkuchen so gut schmecken kann?" Mampfend schüttelte Salome den Kopf.

Konrad und der Briefträger verließen die Grillstation und verschwanden in Surinam. Die Leute munkelten, dass die beiden an einem geheimen Experiment arbeiteten, weswegen man in letzter Zeit länger auf Briefe warten musste.

Alles war wunderbar. Nur etwas fehlte mir noch: das Geburtstagslied für das Haus. Salome und ich machten einen Plan. Wir gingen von Gast zu Gast und flüsterten allen ins Ohr, dass wir singen wollten. Und wir fragten die Musiker, ob sie das Lied spielen konnten.

Die Sonne war inzwischen untergegangen. Amir steckte die Fackeln an. In der Dunkelheit sahen die Lichterketten noch schöner aus. Alle standen auf und versammelten sich feierlich vor dem Haus. Eine Menge Leute waren das. Die Musiker fingen an zu spielen und wir sangen das Geburtstagslied.

Aber irgendetwas stimmte nicht. Das Haus ließ schon den ganzen Abend die Läden hängen. Das konnte wohl kaum daran liegen, dass Brad Pitt so falsch sang.

„Jetzt weiß ich, was fehlt!", rief ich. Alle hörten auf zu singen und schauten mich an. „Der Wetterhahn!"

In dem Moment flog Tukan aus meinem Zimmer, drehte unter Applaus ein paar große Kreise über unseren Köpfen, um die Krone der Eiche herum, und nahm auf der Stange am Dach Platz, wo zuvor der Wetterhahn gestanden hatte.

„Ein Wettertukan!", rief Flip und alle jubelten.

Die Fensterläden hoben sich und alle Lichter im Haus gingen an. Festbeleuchtung. Ein Fenster öffnete sich. Kurz stellte ich mir vor, dass die Queen dort am Balkon auftauchen würde, und Prinz William und Kate, aber die waren nicht gekommen, alles kann man ja nun wirklich nicht haben. In den Dachrinnen brummte es zufrieden. Es klang wie das Geburtstagslied und alle sangen mit.

Dann ging die Werkstatttür auf. Konrad und der Briefträger schoben ein Ungetüm in den Hof. Eine riesige Feuerwerk-Kanone. Sie fuhren damit durch den Garten zum See. So ein Feuerwerk hatte noch keiner von uns gesehen. Alle riefen: „Oooh!" und „Aaaah!"

Irgendwann fingen alle an zu tanzen. Wir tanzten durcheinander. Jeder mit jedem. Aber Papa ganz viel mit Helene, weil Poppy, die Bürgermeisterin und die Mama von Belinda auch einmal mit Brad Pitt tanzen wollten. Also eigentlich wollten alle Frauen mit Brad Pitt tanzen.

Als Salome und ich ins Bett plumpsten, wurde es draußen schon wieder hell. Wir hörten die Vögel zwitschern und Konrad, der mit Kurt Washington Liebeslieder im Duett sang. Mein Papa unterhielt sich mit Salomes Papa und es klang, als seien auch sie Freunde geworden. Wir waren schon fast eingeschlafen, als Flip zu uns ins Bett kroch. Salome deckte ihn zu und seufzte glücklich. Dann sprang Monty II ins Bett und legte sich auf meine und Salomes Füße. Zuletzt kam Amir.

„Oh", sagte er, als er unser bevölkertes Bett sah.

„Komm rein", murmelte ich.

Das Bett schaukelte sachte hin und her. Mein Traum war voller Glück und das Glück war kein Traum.

PPS

Wir erwachten von dem Duft nach Speck und Eiern, der in unser Zimmer wehte, weil der Frühstücks-Käpten anfing zu braten. Das Fest dauerte insgesamt drei Tage. Danach schrieb ich diesen Brief fertig. Ich gab ihn Salome zum Durchlesen. Sie findet ihn gut. Wir werden jetzt ins Dorf gehen und den Brief für meinen Papa kopieren lassen, damit er ein neues Buch draus machen kann. Dann werden wir den Brief einrollen, ihn in eine Flasche stecken, hinunter zum See gehen und ihn ins Wasser werfen. Falls du die Flaschenpost findest, brauchst du meinen Papa nicht mehr anzurufen, der weiß ja jetzt, dass es uns gut geht. Aber wir würden uns riesig freuen, wenn du zurückschreibst. Salome und ich werden jeden Tag zum See gehen und schauen, ob Antwort von dir gekommen ist. Versprochen!

BIOGRAFIEN

Irmgard Kramer wurde 1969 in Vorarlberg geboren und wuchs in einem alten Häuschen auf, das sich lebendig anfühlte. Nach neunzehn Jahren hängte sie die Arbeit als Grundschullehrerin an den Nagel und lebt heute als freie Autorin zwischen Bergen, Kühen und Käse im Bregenzer Wald. Sie schreibt Geschichten für kleine und große Leser sowie Texte für Magazine.

Nina Dulleck, Jahrgang 1975, zeichnet, seit sie einen Stift halten kann. Sie ist verheiratet mit ihrem Traummann. Mit ihm zusammen hütet sie eine wilde Meute von drei Kindern, wenn sie sich nicht gerade Bilder und Geschichten ausdenkt.

Sunnys verrücktes Haus

Band 1
ISBN 978-3-7855-7888-9

Band 2
ISBN 978-3-7855-7889-6

Sunny hat von ihrem Taschengeld
ein Haus gekauft – für ganze 85 Cent.
Wenn das Haus gute Laune hat,
sind die Vorhänge rosa, die Blumen
blühen und aus dem Wasserhahn
kommt Bananenmilch.
Aber heute ist Seine Herrlichkeit
verstimmt und alles liegt unter einer
dicken Staubschicht. Das Haus
hat wieder mal einen verrückten
Wunsch: Es will eine Fahne.
Aber nicht irgendeine Fahne,
sondern die Unterhose eines jungen
Prinzen. Doch wo soll Sunny die
bloß herbekommen?

Seine Herrlichkeit ist eifersüchtig.
Seit die Sommerferien vorbei sind
und Sunny, Flip und Amir jeden Tag
in die Schule gehen, ist das Haus
einsam. Also verlegt es den Unterricht
kurzerhand in die eigenen vier
Wände – und verliert dabei
dummerweise Helene, die Lehrerin.
Sunny muss helfen und sie suchen.
Doch das ist gar nicht so einfach,
denn durch die Klotür gelangt sie
plötzlich in eine der wuseligsten und
hektischsten Städte der Welt: New York.
Wie soll sie denn unter all diesen
Menschen Helene finden?